奇異果文創

奇 思 異 想 之 果

溫 柔 革 命 閱 讀

奇異果文創

奇 思 異 想 之 果

溫 柔 革 命 閱 讀

奇異果文創

奇 思 異 想 之 果

溫 柔 革 命 閱 讀

奇異果文創

奇 思 異 想 之 果

溫 柔 革 命 閱 讀

臺中一姊遇到法國小王子

宋念華 著

目錄

推薦

面對異國戀情裡的「差很大」，一位臺灣小女子勇敢「愛很大」，愛得夠認真、夠跳 tone，這大概是年度「爆點指數」最高的愛情故事了，笑出眼淚的同時，別忘了找找埋藏其中的幸福方程式喔！

——詩人、聯合報繽紛版主編．小熊老師（林德俊）

早就知道，念華本來就是個好聰明的女生，看時事、談工作、聊生活，總是一下切中問題核心、幾句話一針見血。聰明的女生談戀愛，瑣瑣細細片段竟然都成了學問！變得好社會學：文化衝擊、性別、歧視、偏見、價值觀……。明明是第一人稱自述，卻有種站在制高點客觀剖析的精明；一下像是小女生，細數浪漫彆扭的點滴，一下又轉成大女人，幽默自嘲。這個跨國「華丸戀」好真實，你會邊看邊笑，因為實在滿好笑的，也因為，真的，超浪漫的。

——三立新聞《消失的國界》專題記者・汪倩如

藉由作者真誠和豐富的文筆，讀者可以經歷二人在不同文化背景之下，如何彼此瞭解及相處的故事。這是一本探索異國文化各個面向一段真實不做作的美麗愛情相遇故事，二個異國文化的人因緣分彼此靠近。

——法籍攝影師・余白

當一場愛情變身冒險遊戲，親友們都跳出來阻攔你，臺中一姊教你勇闖異國之戀的雞同鴨講，高分過關！

——專欄作家、聯合報寫作班策劃暨講師・韋瑋與其將這本書定位在一段愛情邂逅的故事，這本書中作者更現身說法了一段「當東方遇到西方」有趣的跨文化經歷。作者帶著臺灣文化的種種價值觀以及對於西方社會的迷思與刻板印象，開始了這段文化衝突的旅程。由誤解、錯愕，漸漸到客觀、分析與比較兩個文化族群的差異。最後更加了解自己的文化進而欣賞對方文化。太多有趣的生活片段，讓長期與法國人互動的我不禁莞爾……相信這本書一定能提供讀者們對於「浪漫」的法國人有新的詮釋與了解。

——淡江法文系助理教授・陳麗娟

我無法說每個異國戀都是經過千錘百鍊，但不可不說的確需要突破重重的難關，雖然往前終點不一定「結婚」，但從念華的文字裡，你可以感受到那些女性的思考與逐漸建立起獨立的心靈。如同她所說，與外國人交往時，人生不是伴隨著「男性」而主導，很多時候「自己想要成為的」或者「要或不要的需求間」，都是很清楚的，因為在每天的生活裡妳身旁來自另一個國度的親愛的，每分每秒透過每一件事都在傳達「身為一個成熟的女性，妳有自己的人生自己該走的路，而這些我可以參與、也會給予支持，但是我無法幫妳決定」。或許兩地相隔後，妳決定不再相隨，然而對方也會因為這是妳選擇的人生道路而給予尊重，不為什麼，只因為這是妳所想要的，那麼他們會努力的去維持愛情，也會努力的去完成妳的選擇。

這些文字裡透露的不只是愛情，而是伴隨著異國戀成長的自己，一個女性從戀情中找到屬於自己的定位，願幸福快樂。

——旅行作家・黃婷璟（Toby）

I

語言不通，這兩人怎麼會兜在一起？

1. 緣分就像是部懸疑片

距離上一段戀情的結束，戀愛空窗期也快半年了，對一個即將步入三字頭而仍是單身狀態的女性，不管是工作上的夥伴或是週遭的朋友，總是特別關心我的感情狀況甚過於其他事情。雖然被問及感情時總是回答：「緣分可遇不可求啦！」表面上灑脫，試圖想塑造因為自己標準太高而導致找不到好對象的假象，但真象是根本就沒人追！因為週遭的人太關注我的感情狀態了，讓本來不緊張的我也開始變得焦急，也因此，對這個時期自己身邊沒有適合的男性友人可以進一步交往而經常感到焦慮，深怕自己永遠遇不到愛情中的 Mr. Right！

久沒談戀愛的女性總是飢腸轆轆，這時候最容易選錯對象，我總是羨慕別人為什麼可以遇到外貌佳又體格好的男生，對於穿著也有品味，工作收入也穩定，也擁有一般白領階級所從事休閒活動的嗜好，可以幫助女朋友開拓視野，除了對事業有一顆企圖心之外，更重要的是在感情上也要有一顆專情的心。為什麼我遇到的不是有錢就是花心，要嘛就是沒錢但卻很專情？我問老天爺，難道這兩者就沒有辦法結合在一起出現在我的生命中嗎？這種感覺就好像白雪公主的後母一天到晚問魔鏡：「魔鏡啊魔鏡，誰是世界上最漂亮的女人？」一樣，而我只是把問題轉換成：「魔鏡啊魔鏡，誰的男朋友比較好？」雖然我不至於像白雪公主的後母那樣因為心生妒忌而把白雪公主給殺了，但喜歡比較的心態多少還是會感到失落。這種在愛情中朝三暮四的態度，永遠不會感到滿足！

厭倦了臺中的生活，努力考上臺北的學校，這樣畢業後就能順理成章的留在臺北工作。身為一個「出外人」，畢業後在臺北租了間大約七坪的小套房，扣掉浴室頂多只能再擺張單人床、衣櫃、小冰箱以及電視，我想北歐的監獄也差不多是如此了。但這樣的居住環境比起當時的大學宿舍好太多了，大學時住的是四人房，每一個人的空間只有簡單的書桌，連著書桌旁邊是個鐵製的衣櫃，而書桌的上層就是床。別以為女生宿舍很乾淨，在不需要偽裝的情況下大家把最真實的一面表露無遺，食物發霉不丟、不愛洗澡、沒有公德心、偷內衣褲、製造噪音，相信我，這些行為都跟教育程度無關。

在這樣的居住環境很容易讓人想往外跑，因此，早出晚歸是從大學時期就養成的生活習慣，而且大家都是如此。從小就愛看電視的我搬進宿舍第一件事就是研究怎麼裝第四臺，我在我的電腦裝了電視器，接了第四臺，其他室友在沒有電視看的情況下只能往外跑，而我不管什麼時候都在看電視，連週五晚上及週末我也在看電視。有一次「行情」很好的學姐在週五晚上提早回寢室，她看到唯一待在寢室的我問：「妳怎麼沒出去？今天是星期五耶？」我當然隨便敷衍了一下學姐，接著學姐又匆匆忙忙的出門了，看來她只是回來拿個東西。學生時期最怕大家覺得自己沒朋友，而且我又不參加社團，這樣看起來我的行情真的很不好。於是我下了一個目標，就是我不要第一個成為回到寢室的人。

於是我開始塑造自己行情很好的假象，讓別人以為自己很忙，但其實只是到學校附近的書局混到很晚才回宿舍，現在想想還真是無聊！不過，這個習慣一直延續到出社會，戒掉看電視的習慣後，如果早一點回家就不知道回家要幹嘛。身邊的人都知道我是一個早出晚歸的人，都以為我朋友很多行情很好，照理來說應該不缺遇到好男人的機會。不過事實上就是沒有人追，講了一千次也沒人相信！以前很晚回宿舍是因為到書局鬼混，出了社會晚回家是把時間花在跟姐妹們的相處上，可以跟我出來的姐妹當然也是單身，有男朋友的姐妹早就跟男人約會去了，所以我們就這樣，幾個單身女子經常湊在一起談論到底要怎麼樣才能遇到好男人，這就好像是一群計程車司機湊在一起討論著要怎麼樣才能發財一樣。

這種感覺就好像是個人的感情世界被蒙上了一團迷霧，走也走不出去的困境，讓大家陷入一種惡性循環卻不自知。表面看起來大家光鮮亮麗，充滿自信，就像是一般人家口中的都會美人魚。殊不知我們彼此都已經習慣在迷霧中，沒人發現，也沒人幫助彼此把迷霧撥開。

早出晚歸的行為是因為情緒停不下來，對於未來的不確定性經常感到心煩意亂、心情沮喪，而加快腳步只是欺騙自己不會被這個社會拋棄的方法之一，因此我把行程排得滿滿的，讓自己沒有時間沮喪，同時也能了解別人的生活狀態，來補償自己的心理，消極的尋找比自己更倒楣的故事。

我實在無法否認網路社交工具臉書（Facebook）對於人際網絡帶來革命性的改變，它的發明改變了人與人之間的關係，它快速的將每個人的人際網絡連結在一起。那是二〇一〇年的五月，上班時間，我按照慣例在處理完公事後打開臉書，讓自己的腦袋休息一下。打開臉書時，畫面左上角的朋友邀請功能出現了一筆邀請，我好奇的用滑鼠點開想看是誰要跟我做朋友，當我點開時，視窗畫面出現了疑似是個外國人的照片，照片中的男人低著頭，能夠感覺他的鼻子很長。我再看了一下這位邀請人的姓名，都是英文字母，但奇怪的拼音讓我不太會唸。我再繼續看其他的資訊，畫面下方顯示我們之間有一個共同的朋友，我們的共同朋友叫做 Toby（托比）。

不過我還是懷疑，該不會是那種要一夜情的不正經老外吧？但 Toby 也算是我信任的朋友之一，如果這位老外也是她的朋友，那應該不會是那種不三不四的人吧？但我仍然在掙扎著是該點選「接受」還是「略過」這筆邀請，我整整盯著畫面五秒，在心裡面自我對話：「如果我按了『略過』，我想我跟這位老外這輩子應該不會再有相識的機會了；如果我按『接受』，的公務員，腦子不會轉彎就算了，邏輯還很奇怪。會議空檔，我決定跟這位不開心的女孩聊上兩句，才知道原來她是約聘的，只是短期的工作合約。我很好奇合約結束後她有沒有什麼計劃，才發現原來她喜歡到處旅行，也有經營自己的部落格，合約到期後，她的計劃很明確，就是繼續旅行。她很清楚，旅行才能豐富她的生命，只有旅行，才能讓她的生命繼續前進！會議結束後我們交換名片，也互相留了聯絡方式，同時她也留下她的部落格網址。工作結束後，我好奇的想一窺這位大眼美女的旅行生活，上了她的部落格，才發現旅行的她好美！漸漸地，我們熟悉彼此，互相信任。

在跟 Toby 結下緣分的前兩年，她到菲律賓的巴拉望（Palawan）島旅行，聽說到達巴拉望得開車八到十二個小時的黃土路，爾後還需要再搭小船才能到達島上，據說島上有很多野生動物，而且當地居民也不太實在，如果是觀光客的話，很容易受騙。當時 Toby 的旅伴是位法國特種部隊的退

話，他們互相留了在臺灣的聯絡方式。

我很喜歡好萊塢的一部電影叫《蝴蝶效應》，是由美國男星艾希頓庫奇主演。電影上映時我對這位小男星印象很深刻，身材好，而且帥的不俗氣。我愛這部電影的原因除了有帥氣男星之外當然就是它的劇情了，這是一部懸疑片，電影類型中我最愛懸疑片了，因為它既能滿足我的想像，又有出人意料的結局。《蝴蝶效應》是在描述即使是微不足道的決定都會帶來一連串的連鎖效應，而這一連串的連鎖效應就會影響整個事情的結局！

我覺得我們三人的緣分就像蝴蝶效應一般。甫大學畢業的我，誤打誤撞因為覺得面試官長得順眼而進入了廣告公司，之後廣告公司面臨倒閉，加上當時我的小小的心靈也想著再也不要踏進這麼窮忙的傳播行業了，又因為租屋在外有房租壓力所以沒太多時間選擇真正適合自己的工作，只好無奈又進了相關領域的公關公司，因為這樣子的決定而有機會在會議上面遇見 Toby，再加上當天我的心情不錯，決定在會議上主動對 Toby 微笑，認識這位大眼美女，就這樣，我跟 Toby 不僅成了朋友，也認識了他的外國友人。

如果，我為了節省房租繼續待在臺中的話，那現在的我會是怎樣？如果，一開始沒有踏進傳播業，那我現在會在哪一行？如果，當初我看到一個不開心的女孩，選擇繼續保持冷漠，那我會不會還在愛情的迷霧中打轉？如果，Toby 沒有去巴拉望，那她會去哪裡冒險？遇到的是不是別的人？如果，她的旅伴沒有大聲叫「Bitch!」那這位法國旅客是不是就不會跟她攀談？如果，這位法國旅客當初沒有自告奮勇的告訴老闆他想到亞洲發展，那他的旅遊景點是不是就不是菲律賓的巴拉望而是法國的科西嘉？任何小小的決定，未來都可能出現出人意料的結局，如果說我們的愛情像懸疑片，那我們的相遇也許只是個開始！

2. 第一次見面，幻想就破滅

那關鍵五秒的決定，我在臉書上有了第一位外國朋友。我看著這位外國朋友臉書上所放的大頭照片，照片中他低著頭，有一頭棕色的卷髮，小小的臉上掛著一個很大很挺的鼻子。他的臉頰佈滿鬍渣，果然符合老外多毛的特徵。他的脖子圍著圍巾，身體後方還泛著耶穌光。端詳完照片後我覺得他應該是個文青，有別於一般熱衷於鍛練身體愛秀大塊肌肉滿腦子只想要做愛的老外。

縱使我接受了他在臉書上的邀請，雖然我們也有共同的朋友，但這不表示我就能完全信任他是個好人。一來是小時候《藍色蜘蛛網》跟《玫瑰瞳鈴眼》看太多，讓我的個性非常多疑。二來是很多男性會在臉書上看朋友的朋友的照片來結交朋友，如果照片看起來長像比較清秀就可能被發出朋友邀請，我怎麼知道他不是在 Toby 臉書上查看朋友名單來發出邀請的？我因為有男性友人曾經做過類似的行為，因此我把臉書上的朋友名單全部隱藏了。當時我在臉書上放的大頭照片還算是有競爭力，所以有這樣的擔憂也是正常的。

可是，他為什麼想加我為好友呢？正打算傳英文訊息詢問他加我為好友的原因時，他率先傳了封訊息給我：「你好，我不太知道你是誰？」看完這訊息我實在是一頭霧水，我原先猜測這位老外是因為看了我漂亮的大頭照片而想跟我做朋友，照理來說應該先自我介紹讓我先有好感才對吧？怎麼劈頭就問不知道我是誰呢？於是我很不客氣的回他：「我也不知道你是誰，但是，是你先邀請我的！」

從小老師就教我們女生要「矜持」，所以誰先邀請誰這件事對女孩子來說非常重要。就算是女生先對男生有好感也要想盡辦法讓男生先主動，如果未來兩人真的在一起了，朋友問起：「你們兩個是怎麼認識的啊？」我總不能說因為我覺得他長得很帥所以想跟他在一起吧？那不就淪為花痴了？就算如此，也要想辦法讓整件事情的開始是由男生主動先約第一場約會，之後的發展是誰約誰就不重要了，所以我一定要先定調為是他先邀請我的！

他果然對於誰先邀請誰這種事不太在意，心平氣和的告訴我應該是Toby推薦我們兩人互相認識。事後我跟Toby求證確實是如此，她也道歉說明因為那陣子太忙，所以推薦我們互相加了好友後就忘了知會我們。

身為Toby的朋友被推薦當然是很開心的，因為Toby認為我們雙方條件差不多，被推薦就表示經過她初步的「認可」。我好奇，Toby的「條件」指的是什麼？她告訴我這位老外的學歷不錯，而我的英文應該也不錯（我想她是被我的學歷給騙了），所以應該可以認識看看。果然，在愛情中，「條件」就已經是第一關了。

我與這位老外結下「不解之緣」後，過了好一陣子，Toby 向我自首，其實當時她推薦很多她覺得不錯的女性友人給這位老外認識，我才回想難怪她會推薦我們互相加好友後忘了知會我們，如果我一開始就知道 Toby 介紹很多女生給他，我可能會對他失去興趣，因為我不喜歡在愛情關係中競爭，我希望我的愛情成份中沒有一絲刻意，是經由雙方的養分而自然萌芽的！

好吧！雖然不是一開始我猜測的那樣是他主動發送朋友邀請，但至少我也要讓他知道也不是本姑娘主動發送朋友邀請的！這就是從小培養出來莫名的「矜持」。對於「誰先」這種事特別在意，也許只是個動作或動機，但背後卻隱藏了很多意義。例如，有個男生因為有某個「意圖」而行動，或因為這個男生的「角色」被認為「應該」要做某個行動，而我的「矜持」

就會認為男生就該「先」約女生，這表示女生是「被」追求來的，而不是自己送上門的。這意義在於，是這個男生先確定了追求對象，並且願意追求這段關係，如果成功，也就是進入交往階段，至少比自己送上門的更應該珍惜吧？這就是我「矜持」的歪理。

他不像一般臺灣男生追求女生時的極積，馬上跟妳要手機號碼，然後打電話跟妳聊天到半夜——這樣大概一天就能完全掌握基本訊息，比如妳做什麼工作？住在哪裡？平常喜歡做什麼？吃什麼？看什麼電影？這些資訊都是追求過程中好讓男生達標的線索，再用最快的速度「在一起」，然後開始「交往」。他很注重隱私，與其說是隱私不如說是西方人尊重個人的禮儀。一開始他先自我介紹，我驚訝的是他竟然會用中文打字，還沒見面就因為這一點給他大大的加分！他是法國人，當時已經在臺灣工作快兩年了，至於為什麼 Toby 會介紹很多朋友讓他認識，他的說法是 Toby 想多介紹一些臺灣朋友讓他「練習中文」，這真是外國人來臺灣交朋友的好理由啊！在他訊息的字裡行間裡，我覺得他是個可愛的大男生，一方面是他中文寫錯時很可愛，一方面是他擅用一些符號來表達他的情緒，比如「:P」、「:D」、「XD」等，不像我的文字傳達總是簡潔有力，沒有任何符號，感覺不到任何情緒，就好像是交待事情一樣。如果說，講話是一門溝通的藝術，聲音、語調、快慢都會影響聽者的解讀與情緒；訊息雖然只有文字，沒有聲音、語調、快慢，但同樣作為一種傳遞溝通的方式，我應該注重的不只是「效率」，也應該注意閱讀者的感受才是。

這個法國人「步調」很慢，我們聯繫的頻率大概就是每天兩則訊息的往來，難道這是法國人的「浪漫」嗎？在一開始還摸不透的階段，只要法國人做什麼事都把它歸類為「浪漫」就是了。我們以這樣的「浪漫」步調當了一個月的「網友」，最後，他終於要約我看電影了，這是我們第一次約會，是他主動先約！

雖然當了一個月的網友，但對於第一次約會仍有點緊張，也有點期待。緊張的是，我不知道他的中文程度到底如何，因為我的英文並不是很好，經過這一個月的經驗，我覺得他的中文程度應該ＯＫ吧？期待的是我終於可以看到他的本尊了，我看了他放在臉書上的一些生活旅遊照片，穿著很隨興，不是一般印象中的法國型男，他給我的感覺就是一個可愛型的老外，有點像是帥版的豆豆先生。雖然如此，仍然擋不住我無限幻想的空間：有些人就是喜歡低調，故意放些不怎麼樣的照片在臉書上，真正帥氣的照片反而不會放在公開的平臺，這種人就是喜歡讓人覺得反差很大，喜歡給人驚喜。我相信他一定是這樣的！給我驚喜吧！

臺北的六月悶熱又潮溼，我們相約在臺北東區的一家電影院，他遲到了。對於第一次約會，男生遲到……我應該生氣。但因為他是老外，算了，就原諒他吧！手機響了，我準備要洗耳恭聽這位法國朋友遲到的理由，我接起電話：「喂～」電話另一頭傳來一連串的英文句子，其實我聽不是很懂，但我故作鎮定的再次用中文回他：「你說什麼？」電話再次傳來一連串的英文句子！在我鎮定的外表下，內心早就驚慌失措，頓時臉綠了一半也出現三條線，心裡納悶著：「他不是會講中文嗎？現在是怎樣？難道他寫給我的中文訊息是用 Google 翻譯的嗎？」我心想慘了，要怎麼跟他約會啊？我呆站在售票口，耳朵一直聽著手機另一端傳來的說話聲，眼神直視前方，進入神遊狀態，還沒見面就有種「完了」的感覺！

雖然是一連串我聽不懂的英文，反正我知道他迷路了，因為是第一次約會所以他也很慌張。看來，我英文不好這件事被他識破了，不！是被「聽」破了，他隨即跳進計程車直接把話筒拿給司機大哥，請我跟司機說明電影院位址，殊不知他已經到了，只是電影院在百貨公司樓下不顯眼的地方，所以他才找不到。我知道他正用最快的速度從百貨公司一樓快步走往地下樓層赴約，已經抱持「完了」的態度來約會，壓力也沒那麼大了，反正就只有「這一次」，牙一咬，就結束了！

今天是上班日，我想像他應該會穿件訂製的襯衫和西裝褲以及一雙看起來品質很好的皮鞋來赴約。我一直望著電扶梯，坐扶梯的人們魚貫而出，終於看到一個老外的身影了！這次他的「步調」很快，因為他遲到了。我看到他正往我的方向走來，一頭又卷又膨鬆的頭髮，感覺有一段時間沒整理了，穿著一件我看得出來不是訂製的黃、橘、白三色為主的直條紋襯衫，可以感覺這件襯衫有點歷史；然後他穿了一件不是訂製的西裝褲，而是一件「多功能」的深藍色褲子，所謂「多功能」的褲子就是位於正式與非正式之間，勉強可以穿去上班，但也可以穿去打籃球，這件「多功能」褲子的左方口袋掛著一支7-11售價六十九元的藍色塑膠傘，同時也搭配一雙「多功能」的鞋子，我看得出來它可能是一雙布鞋，但因為是全黑的，所以穿去上班的話有機會可以被誤認為是皮鞋。

我的幻想徹底破滅了！我出了魂似的視線停留在大約是他的皮帶左右的位置三秒鐘的時間，被一聲很開心又帶點尖銳的招呼聲給震醒：「哈囉！」我回過神來，看著一個好像我從來沒有接觸過的生物，他擁有一對超大的眉毛，還有一對清澈的大眼睛，搭配長度跟駱駝一樣長的睫毛，在眉宇間往下延伸能看到他水滴型的大鼻子——本尊跟照片一樣都是帥版的豆豆先生。天氣悶熱，他的人中布滿汗珠，鬍子沒刮，不過笑容好可愛，有點像馬，最後我也故作鎮定的回應：「哈囉！」

難道這也是「浪漫」嗎？總之，因為他是法國人，所以當我無法找到合理解釋的時候只好什麼事都推給「浪漫」了。這樣說的話，當法國人真好，什麼事都可以跟「浪漫」掛勾，那美國人可以跟「直接」掛勾，德國人可以跟「謹慎」掛勾，那臺灣人可以跟什麼掛勾呢？

看完電影，我們打算散步找間咖啡廳坐下來聊一聊。走著走著，迷路了。我們走到了一個不可能會有咖啡廳的區域，四周空曠到處看得到鐵皮圍籬。我是個路痴，但我更怪不了他，因為他是外國人，他沿路用他法國腔很重的英語跟我聊天，而我也以我的破英語盡我所能的回應。我們憑著直覺，試著往熱鬧的地方走，終於看到了捷運站。最終沒喝到咖啡，但時間已晚，也該回家了。

我向他道別，他依依不捨，但這道別似乎是單方面的，他沒有轉身離開，沒有點頭，沒有揮手，只是呆站在原地，沒有任何肢體動作告訴我，他同意我的道別。他一直問我下次什麼時候可以再見面，我心想，不也只是第一次約會而且八字都還沒一撇呢，有必要搞得像送機離別一樣嗎？這冗長的道別讓我又只能告訴自己：「這應該也是浪漫吧？」我隨便地回答：

「下星期吧！」最後他身體突然向前，我受到小小的驚嚇，接著他用布滿鬍渣的臉頰輕碰我的左右臉，然後說：「拜拜！」我也跟他說了拜拜，只覺得臉頰被他的鬍渣刺得好痛，同時我也可以感覺到他好像有點失落。

晚上十一點多回到家了，對我而言，這真是一個不同於以往的約會經驗，但應該不會有什麼結果，當我正準備就寢時，收到一則他傳來的簡訊：「I am ashamed to have let you go without eating and made you walk so long... Please forgive me, I was so happy to meet you!」（在沒有吃東西還讓妳走那麼久的情況下，我感到很羞愧，請妳原諒我，遇到妳我真的很開心。）

他是在請求我原諒嗎？回想道別時他那雙失落的大眼，頓時間心軟了。對我來說，今天的約會可能是第一次，也是最後一次，好或不好根本就不重要。對他來說，今天可能是個失敗的約會，因為看完電影我們不但沒有吃晚餐而且還迷了路，他請求我原諒，是希望還有下一次？唉！真希望他不要那麼自責，因為看電影時我很不客氣的點了爆米花跟可樂，所以我才沒要求吃晚餐，因為根本就還吃不下。如果下次還有機會的話，那我讓他開心一點好了。

3. 第二次就急著告白

我還不會唸他的名字呢！目前我們暫且先幫對方取名為「哈囉」。那晚他失落的背影依然在我的腦海中，再給他一次機會，也給我自己一次機會吧！

我們相約見面的地點是在捷運六張犁往動物園方向的月臺上，捷運月臺對我的記憶，是準備上班前的等待地點，是網路面交節省出站費用的地點，是跟朋友前往不同方向的離別地點，現在變成我的約會地點了，為什麼不約在捷運站出口呢？難道月臺比較浪漫？

六張犁是個小站，月臺並不大，要發現他並不難。那是週六的下午，我先到達月臺，月臺上沒什麼人。不一會兒，一個老外現身了，穿著休閒短袖及牛仔褲，我覺得這樣的風格比第一次好多了，不變的是，他依舊搭配「多功能」的黑色鞋子。

他笑容燦爛，我們互道對方的名字：「哈囉！」隨即我們進入了捷運車廂，在車廂中客氣的閒聊，期待快點到達目的地。

依舊是個讓人心浮氣躁的悶熱天氣。約會前我們討論郊遊地點，決定去搭貓空纜車。因為貓纜已經開放了好幾年，而我卻沒坐過，當然他也沒坐過，我們選擇同一個時空在貓纜留下足跡，在這段時空中，我可以純粹體驗貓空纜車、欣賞木柵的風景，最後成為我個人造訪過的地標之一。我也可以選擇放下主觀成見，給他一個機會，好好的認識他，讓貓纜成為我們回憶的愛情足跡之一。

感覺上他約會前有做點功課，他知道該坐到那一個捷運站，出了捷運站該怎麼走，而且沒有迷路。他在路上買了個冰淇淋，他問我要不要也一個，我注意到那不是個平價的冰淇淋，所以客氣的婉拒。悶熱的天氣讓我也口渴了起來，我決定在販賣機買個飲料，他見我要買飲料，快步的超越我往販賣機走，邊掏著口袋邊說：「我來！」我向他道謝後選擇我要喝的飲料，邊想：「人家不是說老外都要各付各的嗎？」

我們往山上的小徑散步，觀賞著路邊的花花草草，搭配臺北溼熱悶熱的氣候，就算沿路是個兩人世界，也不可能營造浪漫的氣氛，因為這種天氣很容易讓人中跑出汗珠，皮膚也會濕黏的不想碰到任何物體。

他拿起他的單眼相機，原來他是個喜歡拍照的人。我自然的聯想他拿出相機應該是想拍我們出遊的合照吧？結果並不是我想的那樣，我看著他拿起相機對著石頭拍，對著樹葉拍。拿著單眼的人總是有種專業的感覺，但誰知道他在拍什麼？總之，可能是拍個藝術品吧！一張石頭照或樹葉照可能需要花三到五分鐘，他非常專注的拍攝他的石頭跟樹葉，完全忽略站在旁邊的我，我很有耐心地等待他拍攝完畢再繼續前進，他拍完照會轉過頭來不好意思的對我笑著說：「Sorry!」我不計較他寧可拍石頭跟樹葉也不願拍我，而我從來也不喜歡急急忙忙，我喜歡靜靜地去「觀察」一個人。那天，我覺得他愈來愈有趣了！

該歇歇腳了，我們決定在山腰上的咖啡廳坐坐。我們點了兩杯飲料，感覺他好像有點心事，這是我們第一次坐下來可以好好聊天的機會，我們沒有熱絡的開場，我用吸管攪和著杯子裡的冰塊，讓我們之間的氣氛有點聲音。

「你的名字到底怎麼唸？」我一邊攪著我的杯子一邊問他。

「本諾烏～」他依照我的問題回答，但臉上沒有因為剛認識而刻意掛著微笑。

「博華？」我學著他的嘴型，附誦我從未發聲過的聲調與發音。

「本諾啊～」他笑了，再一次的放慢速度介紹他的名字。

「……」我吞了個口水沒再附誦。

放棄了，怎麼唸怎麼怪，反正我就叫他「本丸」了，我接著再問：「那你是什麼星座的？」他：「Gemini。」我說：「雙子座啊，我是水瓶座的，那你的生日應該快到了耶！」他點點頭：「對啊，明天！」我愣了兩秒，其實有點尷尬，我：「呃……那你明天有什麼慶祝嗎？」他說他沒有安排任何慶祝，因為他明天要出差。我當時還不了解他的工作性質，只是覺得他有心事，但不確定是不是因為要出差的緣故，還是他有其他心事？

咖啡廳的冷氣讓我的身體不再那麼溼黏，這短暫的休息舒服多了。喝完飲料，我們準備去搭貓空纜車，體驗我們兩個的第一次。我們跟著隊伍排隊，一組人一個車廂，我們進入屬於我們的車廂，一人坐一邊，在這個小空間，只有我們兩個人。

屬於兩人的小空間做任何事都變得特別明顯，即使只是擦乾人中上的汗珠，或是抓抓身體的癢。我們將焦點從對方身上移開，觀察貓纜周邊，才發現原來貓纜的纜線這麼細！看了真讓人害怕。尤其是他，瞠目結舌的看著跟電線一樣細的纜線，眼睛睜得跟五十元硬幣一樣大，嘴巴直說好可怕；這是我第一次覺得他有演戲的細胞，真是愈來愈像帥版的豆豆先生了。

我們面對面坐，一邊欣賞著木柵的群山，也不忘一邊向對方微笑。太陽快下山了，傍晚橘紅色的夕陽映在人的臉上總是帶點神祕，這時候的光線最能呈現出人的完美，就算人中有汗珠也看不到。我仔細地看著他，他凝視前方，好像很認真地在思索著什麼事，接著他開口問：「我們可不可以在一起？」我傻住了，愣了一下，並且帶點怒氣的回答：「什麼？怎麼可能啊！我們根本就還不『認識』耶！」我心裡納悶著，難道老外都那麼直接嗎？難道這也是「浪漫」？以前曾聽說老外在愛情中都非常憑感覺，感覺對了，就在一起。沒想到這樣的事情現在竟然發生在我身上。

我又再度看見他失落的神情，他因為被我拒絕而沉默了。在這段沉默的時間，我也再重新自我確認拒絕的理由是不是因為我還不了解他，經過這三分鐘沒有被打擾的思索，我確定若在不了解他的情況下在一起是有風險的，於是我更加堅定我剛剛的回答，不過看到他那麼失落，我決定盡可能的讓他更加理解我的想法：「我們才剛認識，還不了解對方，這麼快就在一起我覺得很隨便！」他充滿疑惑的問：「為什麼不能？」剛剛的拒絕理由是因為我還不了解他，不過這次我決定要換一個角度告訴他：「你也怕我出差回來後妳就不見了。」原來如此，他怕我不接他的電話或乾脆換了電話號碼，從此以後我們這兩次的見面將成為一場夢，消失得無影無蹤。

看他這麼擔心，我像是一個媽媽，用堅定的眼神，試圖讓他感到安心的回答：「我不會不見！」他聽了以後鬆了一口氣說：「那妳可以答應我出差回來以後還可以聯絡的到妳嗎？」我回答說：「一定可以！」頓時間，覺得他像是一個害怕被遺棄的男孩，我能夠了解被遺棄的感覺，那像是一種永遠被誤解，不是本意卻又無法說清楚的感覺，我了解的，我會給他機會！

那天晚上他陪我散步回家。一段時間後，已經超過他平常會傳給我簡訊的時間，還沒收到他的簡訊讓我有點擔心。過了午夜，他的生日到了，我決定主動傳了封簡訊問他是不是回家了，順便祝他生日快樂。他回傳：「謝謝妳！我還沒回家，決定走路回來！今天跟妳一起去貓空很開心，現在我很想妳！」我算一算，他大概已經在外面走了兩個小時了，白天在貓空已經走了一天，現在都已經大半夜了他為什麼還在外面走路？我想像著他一個人在街上的身影，臉上是一個被我拒絕的失落神情。對於我的決定，在他送我回家後，我若無其事的跟往常一樣，洗完熱水澡後上網殺時間，而他明明隔天一早要出差，卻選擇自己一個人走路回家，度過他的生日。

我答應他，我不會不見。在他出差後我們持續見面。很多人問我們什麼時候「在一起」的？我無法回答，我只能回答我們在一起幾年了。很多情侶喜歡紀念日，所以在一起的那一天一定要很確定「在一起」了！但對於「在一起」每個人的定義不同，有些人約會超過三次就算在一起了，有些人只要手牽手就算在一起了，有些人要接吻才敢告訴朋友他們是不是已經在一起了，有些人要上床後才覺得這樣才能算在一起。

記得學生時代女孩子們都有些感情困擾，我們對於彼此的困擾互相諮詢，我最常遇到的問題就是雙方都已經進行到某一個階段了，然後還問我：

「這樣算『在一起』嗎？」我也只是個懵懵懂懂的女學生，充滿疑問的反問：「為什麼不算？」對方：「因為他又沒有跟我說我們已經在一起了？」這樣聽下來，感覺上「在一起」前一定要先宣示一下，彼此約定，也讓彼此知道角色的轉變，已經不是過去的男生朋友、女生朋友了，而是現在的男朋友、女朋友。宣示以後才能算「在一起」，而從今以後，雙方開始有了責任，扮演著男朋友及女朋友應該有的行為角色。

與其問我們什麼時候「在一起」，不如問我們什麼時候開始「交往」，嚴格說來，就是從第二次約會開始，因為那次，我決定給彼此機會。

因為語言的不通，我們溝通的方式以眼神接觸多過於對話。一開始我只能用簡單的英文跟他聊些生活瑣事，無法跟他談論我的心理感受，他倒是可以跟我用英文談論他的感想或感受，不過就是我聽不懂而已。所以我只能把事情闡述完，至於我表達感受的方式就是我一直重覆：「你能夠明白我的感覺吧？你能夠明白我的感覺吧？」我想我至少會重覆三次以上，就像是鸚鵡一直在重覆一樣的話一樣，不同的是我的聲音比較低沉。在我重覆問話的這段時間裡，他也有足夠的時間揣摩我的感受；漸漸的，我們的心電感應甚過於語言及文字的溝通。我有時回想，我交往的對象是一個臺灣男生的時候，我一定會用很多的形容詞試圖「精準」的說明我的感受，如果哪一天我的感受不能被我「形容」時，就會換來一句：「妳沒『說』，我怎麼知道？」

我們「在一起」沒有宣示，只有心照不宣，彼此「覺得」在一起，就在一起了。我們沒有規則，沒有順序，沒有時間，只有默契！那是一種不需要開口確認，彼此尊重、彼此信任的狀態。我們沒有辦法馬上知道男朋友及女朋友應該有的角色行為。在異國戀中，這部份是在「交往」過程中一同摸索的，這也是異國戀既有趣又辛苦的地方。我們必需花時間了解對方國家的男女角色，以及我們對於雙方的期待。我們努力找到對方的平衡點，這個過程至少花了兩年。

II

他根本就是個外星人！

1. 是不是足球流氓啊？

我們彼此之間不需要宣示，但是我對外宣示了。我先默默的將原先的臉書狀態「單身」隱藏起來，也讓朋友們知道我有男朋友的訊息。朋友們一聽到空窗許久的我有了男朋友當然很開心，他們興高采烈的期待我公佈更多其他資訊，當我一公佈：「我的男朋友是外國人。」這時候就會看到對方的表情停頓了一下，一時間還沒反應過來的朋友，通常臉上仍舊掛著剛剛的笑容，不過卻可以看出他們疑惑的神情，停頓的時間愈久，笑容就愈僵硬。接著朋友就會問：「哪一國的？」我說：「法國。」天真的我以為大家聽到法國會有正面的評價，大家不是都說法國人都很浪漫嗎？原來浪漫與多情總是被聯想在一起。一聽到法國，他們表情通常更加嚴肅，我想應該是受到歐洲電影的影響，覺得法國人一定會劈腿！在我回答他來自法國之後，通常會有這樣的反饋：

「妳怎麼知道他不是足球流氓？」

「跟法國人交往妳要有心裡準備！」

「法國人！嘖嘖嘖！」（一邊搖頭）

「他在他們國家是幹嘛的？」

接下來，我的朋友想要了解的焦點不是我男朋友是怎麼樣的人？或是長得如何？而是比較實際的問題：「他在臺灣做什麼？」我好像化身為本丸的辯護律師，好讓這些法官們認同我跟他在一起很安全。這是我第一次覺得本丸被歧視了。他們覺得他是在自己的國家找不到工作才淪落到臺灣，是來臺灣把妹的外國人。可笑的是，我一直到現在才發現，其實最一開始歧視本丸的人是我，最一開始我也以為他是來臺灣把妹的。我從未經歷過被種族歧視的經驗，很難理解那是什麼樣的感覺，直到現在我成為一個外國人的另一半的時候，才能夠深深明白那是一種被誤解，有理說不清的無奈。而當這種負面觀感成為大多數人的偏見的時候，除非毫不在乎別人的看法，否則真的會讓人很失落，我不就是一開始最讓本丸感到失落的人嗎？我終於更加了解本丸當初的失落感了，因為那是一種毫無理由的否定。

「歧視」是指對於某人或某族群，經由其身分，再經由自己的歸類並給予主觀的看法，通常是不平等的對待。也許這詞太言重了一些，但它所造成的嚴重性可大可小，有時候也許只是一個不屑眼神的表現，有時候甚至有可能對別人的身體造成傷害。現在回想起來，感覺隨時隨刻我都犯了歧視的謬誤。

記得某一年的春天，我獨自到彰化鹿港去旅遊，鹿港是一個熱門觀光景點，但我總是喜歡獨自一人到沒有觀光客的鄉間小巷散步，一窺鹿港人的真實生活。那是一條寂靜的小巷，沿著巷弄都是約莫五、六十年的老厝，有些老厝早已人去樓空，門口的信箱堆著滿滿的信件，但收件人從不在屋裡出現。有些老厝早已長滿雜草，荒廢許久已成為廢墟。我享受著中部的春天，暖和的太陽一點也不炎熱，僅有一樓層高的老厝聚落也歡迎微風到此逗留。在這寂靜的小巷中行走，可以清楚聽見自己的腳步聲，感覺在這個小村莊裡，只有我一個人。

走著走著，我走到一個已經被拆掉的老厝前，被拆掉的老厝周邊圍著上鎖的圍籬，裡面有一隻小黑貓眼睛睜得大大的看著我，這個水汪汪的大眼，是恐懼的眼神。我走近，驚覺不對勁兒，牠的腳被有金屬刺的捕鼠器給夾住了，血流不止。我靠近圍籬，牠害怕的喵喵叫，本來只有屬於我的村莊，現在多了小黑貓的恐懼叫聲。

當我不知所措的時候，我聽到另外一個聲音，是摩托車的聲音。摩托車往我的方向騎來，我從遠處觀察著正往我騎來的騎士，是一個中年男子，非常放鬆的把雙腳張開，曬得黝黑的雙腳穿著藍白拖鞋，搭配一件假皮的外套，嘴巴嚼著檳榔，方正的臉型一看就不好惹，不過我猜他應該是個當地人。我躊躇著應該要閃到一邊讓他騎過去，還是請他幫幫忙，問問鄰居，打開圍籬，救救這隻可憐的小黑貓。

結果我決定把這位符合我心目中「流氓人」形象的大叔攔了下來，我告訴他這廢墟裡面有一隻小黑貓被捕鼠器夾住了，能不能救救牠，我還以為這位「流氓人」會把我臭罵一頓，然後揚長而去。結果他竟然下了車，走進一個我不確定是他自己的家還是鄰居的家拿了把鑰匙，打開圍籬小心翼翼地走進那長滿雜草的廢墟，成功的幫那隻小黑貓脫困，而這位大叔的手，也被小貓給咬傷流血了。我向他道謝，他一邊嚼著檳榔，一邊扶著另一隻受傷的手，靦腆的騎車離開。我以為的「流氓人」竟然心地如此善良，我慚愧自己用以偏概全的方式來斷定這位大善人，歧視的謬誤可能讓我們覺得優越，但其實真正付出代價的可能還是我們呀！

我自己也常常犯了這樣的謬誤，對於朋友們有這樣的反應我一點也不生氣，因為身為一個臺灣人當然知道大部份臺灣人的看法，我不帶情緒的一一回答朋友們的疑問，好讓他們評估本丸是不是正如他們所想的足球流氓或是劈腿男，身為本丸的辯護律師當然對他有一定的信心，最後他們也只能默默地接受，也沒有落下狠話警告我要有心理準備之類的。總之，有些人祝福，有些人等著看好戲。對於別人的幸福，人們總是可以很容易的立即判斷好壞，對於自己的幸福，人們反而容易糊塗，難以判斷；真不知道「當局者迷，旁觀者清」這句話是不是真的？

家人的反應更是可以預料的，當我跟家人承認我有男朋友時，我直接先招了，告訴大家本丸是個外國人，家人還沒想知道本丸是從哪裡來的時候就先否定：「吼！好好的臺灣男人妳不交，妳交個外國人是要做什麼？

妳也拜託一下，臺灣男人比較實在啦，不要交個外國人！」很明顯地，家人的觀念是比較傳統保守的，有時候我常把傳統保守與無知混淆在一塊兒，如果我把無知解釋成邏輯的謬誤，因為我無法證明本丸比臺灣人實在，所以造成另外一個假設臺灣人比較實在就成立了，我的家人一廂情願地斷定臺灣人比較實在，並且試圖在我們才剛在一起的時候盡可能的否定我們，想讓我們覺得困難重重而知難而退，進而結束這段關係。我的家人當然是愛我的，但他們從不了解我，明知道我不可能順著他們的期望走，但對於每件事情仍舊很有毅力的先行否定。

這實在是一段不被看好的戀情啊！超乎我的想像。每到深夜時刻，我常獨自思索著，我明明單身那麼久，才剛脫離單身，大部份的人卻在我預料外的沒有打開心胸跟我分享我的戀愛喜悅，雖然白天被否定時不生氣，但到了晚上夜深人靜回憶起來卻有點忿忿不平，我不清楚我的忿忿不平是為了我自己還是為了本丸。總之，就是覺得自己受到不公平的待遇！我決定拋開別人的看法，畢竟別人不需要為我的幸福負任何責任，別人評價本丸的時候，脫口而出的論點更不需要經過深思熟慮，大家都認為自己的判斷是對的，但在他們輕易鐵口斷定的同時，也沒告訴我應該要怎麼做啊？所以，如果我因為這股負面的力量而結束了跟本丸的關係，那就表示我被這邏輯的謬誤給說服了，那是不是我也很無知？

在幾輪的公開宣示中，我發現否定本丸的人大多數自己的感情況狀也可能遇到瓶頸或是常常出現問題，所以很容易以「過來人」的角色來跟我分享愛情的經驗，在瓶頸中的「過來人」總是傷痕累累，任何關於本丸的線索與「過來人」的過去經驗相符合時，總是特別容易與傷痕累累的舊經驗聯結在一起，這些朋友不是對我不好，而是希望我不再重蹈他們的覆轍。過去的壞經驗，也許讓他們的潛意識裡早就沒有幸福的存在。

我想，也許幸福的人才會祝福幸福的人！因為只有他們才相信幸福的存在，才知道什麼是幸福，如果我們以為能在別人的嘴巴上找尋幸福，那幸福只會離我們漸行漸遠，所以我告訴我自己，幸福是要自己追求的，而且要有勇氣！對於這幸福追求的旅程，不需要大家的認同，只需要我跟本丸的認同！原來愛情中，最大的阻礙不是朋友說什麼或是家人說什麼，而是自己追求幸福的勇氣夠不夠，我到現在才明白。

2. 外星人之戀

本丸擁有一張外僑居留證，也就是A.R.C.（Alien Resident Certificate），Alien字面上除了外來的意思，也有外星人的意思，所以我常跟他開玩笑說你在臺灣是外星人，而我正在跟外星人交往！本丸在我眼裡他是書生有沒有能力保護我？結果我們的媒人 Toby 擁有多年職業背包客的經驗斬釘截鐵的告訴我：「沒！辦！法！」唉，我想也是，有次本丸參加公司的身體健康檢查，血都還沒抽完他就已經嘴唇發白了，嚇得護士不斷地問他：「還好嗎？」好吧，既然已經選擇跟他在一起，就只好認命一點，我還是把自己的身體鍛練好，保護自己比較實在。

有時候看精品雜誌，翻到西方男模的廣告頁，總是會讓人多看幾秒。這些男模即便被西裝包住還是藏不住性感，緊繃的臉龐露點性感小鬍渣，整個就是因為男性賀爾蒙讓他們的男人味衝破表。在路上，我們也常常看到西裝筆挺的老外，能看到的部份也只有臉部而已，頂多只是覺得他們的鬍子相較於東方男性茂密了點，跟雜誌上的西方男模感覺有點相似，讓人充滿無限遐想。但是，其他沒看到的部份其實也都是毛髮，只是被衣服遮起來而已，所以可想而知，如果有機會看到全身的話，那可能就不是用男人味來形容了，而是「絨毛味」！基本上，絨毛除了全身有毛，連毛的性質也跟我們不一樣，這也是本丸來臺灣好久一直找不到適合剪髮師的原因，因為那些剪髮師根本不會剪他的頭髮，我看過好幾次本丸的頭髮被剪得好奇怪，但這可理解，因為沒有剪過絨毛的剪髮師怎麼會剪絨毛呢？

本丸有一對又大又可愛的眼睛，而他的雙眼皮也跟東方人的雙眼皮不一樣，他的雙眼皮很大片，讓我回想起小時候看的美國卡通。小孩子的時候，心裡總是納悶著是否真的有人的眼睛跟卡通裡的人長得一樣？認識本丸後我才確定卡通裡的人物都沒有亂畫。本丸的睫毛也很長，這讓我想到小時候在六福村騎的駱駝，所以剛開始我們在一起的時候我都叫他駱駝先生，我常會根據我對他的長像取綽號，但當我看過他全身後我就改叫他猴子先生了。

膚色是我們兩人在一起最容易識別出來的差異，受到媒體及東方審美觀的影響，東方社會普遍認為女生皮膚白皙比較好命、高貴，也比較容易受到東方男性的青睞；所以以前的我對於皮膚美白這個「任務」很熱衷，出門一定要擦防曬油，也儘量吃些具有美白效果的食物，同時我也喜歡朋友們誇獎我的皮膚白皙，雖然是刻意美白的，但我還是講得一副皮膚白是因為天生麗質的關係，因為除了皮膚白這件事，我的人生也找不出其他的優越了。但自從跟本丸在一起後我的優勢不再，我體認到我再怎麼努力也是枉然，所以我決定放棄追求美白，活出真自我。跟本丸在一起後我出門很少擦防曬油，也從來不撐傘，與其跟白人比白，不如讓自己好好像個亞洲人吧！但低估太陽毒害的結果也讓我的肌膚迅速老化，這讓我終於知道為什麼老外看起來都比較老。

我還有一個興趣就是尋找扁頭的外國人，但至今一個都找不到！我記得小時候長輩看到頭「睡」得很圓的寶寶都會稱讚一番，畢竟要找到一個鞋子穿進來。學生時期，下課回家第一件事通常就是先洗手吃飯，吃飯的時候要特別注意食物不能掉在地板上，如果有食物掉在地板上要趕緊撿起來，地板要馬上擦乾淨，不然會「生」蟑螂螞蟻；我小時候真的以為蟑螂螞蟻是從地板生出來的。還有，吃飯的時候要趕快吃，吃飯過程最好是要「認真」，不然就會換來一句：「在幹嘛？還不快點吃！」我到現在都不知道大人是在急什麼？吃完飯還不都在看電視，那為什麼要快點吃？當然，可想見「認真」吃飯通常是沒什麼話聊的，當有這個疑問的時候也有可能換來一句：「都住在一起了是要聊什麼？」意思就是說，我都知道你回家了，在吃飯了，而且我還知道你正在吃那道菜，那還需要聊什麼？吃完飯後規定要過半個小時以後才能洗澡，原因是剛吃飽就洗澡肚子會變大？洗完澡又要快點把頭髮吹乾，而且要吹得百分之百乾，不然老了會頭痛？而且會掉頭髮？接著就是跟著大人一起看收視率最高長達三百多集的連續劇，每集內容都大同小異，就是吵鬧完哭鬧，哭鬧完再吵鬧，要這樣看一年，完結篇後又會有新型態的吵鬧完哭鬧，哭鬧完再吵鬧的連續劇，伴隨我們整個青春期。

本丸家是在法國巴黎大約一百年歷史的公寓，在法國一百年的房子並不算老，滿街都能看到兩、三百年以上歷史悠久的房子，以臺灣的標準應該滿街都是國家級古蹟。我覺得他們最厲害的地方是即使是上百年的房子，但看起來都比我家還新，不知道是保養的好還是法國氣候對於房子保持的條件比較有利。本丸家的地板是木質地板，在冬天的時候可以保溫，而地板人字型的排列更增添法式的美感。這麼漂亮的地板竟然可以接受髒鞋子，進門不需要脫鞋，可以直接把鞋子穿進去，而且不會因為接受髒鞋子踏進來而不敢坐在地板上，或不讓小孩子在地板上爬。本丸放學回家可以先跟其他孩子玩耍再寫功課（我想他應該是很早就下課），跟爸媽吃飯時不看電視，因為他說餐廳沒電視；但其實我家餐廳也沒電視啊，所以我們就搬到客廳去吃，一邊吃一邊看電視。本丸家吃飯會聊聊今天發生什麼事，吃飯不用那麼「認真」，剝法國麵包的時候如果屑屑掉滿地也不用急著撿，因為他們家的地板不會「生」蟑螂螞蟻，本丸在家吃飯可以慢慢吃、慢慢聊。

米人跟麵包外星人如果湊在一起會發生什麼事呢？可以想見出社會工作的我下班後就想用最快的速度決定我的晚餐，所以通常就是一個人在外面隨便吃一吃就可以了。本丸喜歡自己煮，他的理由是這樣比較健康，而他也很享受烹飪過程的樂趣，即便這可能得花掉他兩個小時或一個下午的時間。他以「健康」為理由說服了我，同意下班回家跟他一起烹飪以取代隨便在外面買來的外食，一開始我還很後悔怎麼會答應他同意做這麼浪費時間的事，因為選擇自己煮，我下班除了「烹飪」也沒時間做其他的事了。

本丸的「烹飪過程」實在很「享受」，在烹飪前他會先選擇一個他想聽的音樂，有時候是古典樂，有時候是爵士樂，伴隨著音樂，讓他沉浸在完全由他掌控的烹飪過程中。他可以準備沙拉的同時一邊生吃剛切好的胡蘿蔔，他也可以一邊煎肉，一邊上網查詢待會兒要放什麼香料。在準備料理的過程中，伴隨著音樂飛舞，明明就是可以直接走到料理臺，卻堅持要兩手張開邊轉圈邊轉到料理臺，就跟天鵝湖的芭蕾舞者一樣，在轉圈的過程中如果經過我的話還會順便親我一下。然後，每完成一道菜他就為自己握拳打氣，就好像棒球裡的王牌投手與王牌打擊手對決時，投手把打擊手三振出局後總會為自己激動的握拳打氣一樣，有時候我實在覺得他太誇張了。也因為這樣，我看他這麼享受自己人生的勝利，也改變我對烹飪的看法。

我會負責擺盤，擺完盤就站在他旁邊幫不上忙的等待我的晚餐到底何時能上桌。吃到晚餐通常都是九點以後的事了，晚餐結束後，烹飪過程沒幫上什麼忙的我會負責洗碗，洗完碗也差不多得準備睡覺了。對我而言，烹飪過程是浪費時間的，但對他而言，烹飪過程就是一種生活。回頭想想，我也沒有因為省掉烹飪的時間而選擇到外面快速的隨便吃便多完成了人生什麼事，而他也沒有因為烹飪佔據了他大半的時間讓人生少完成了什麼事。我們一樣都是上班族，我們都有工作，他也因為有興趣烹飪，所以順便學了烹飪的技能，而他也喜歡攝影，所以攝影技術也不錯，想一想，除了工作以外，我並沒有培養出其他生活技能或休閒娛樂，原本選擇迅速在外面隨便吃，省下來的閒暇時間也沒特別做什麼事情，倒是看了比較多的網路資訊，但處於資訊爆炸的時代，沒有方向的接受資訊並無法為我累積些什麼。

我要謝謝本丸長期以來一直很誇張地為自己握拳打氣，讓我體認到他成功的快樂，即使只是很小的一件事情也讓我明白，原來，興趣是要從生活中的點點滴滴培養跟累積出來的。我記得小時候我很愛畫畫，我會把我的得意畫作拿給我的父親看，並告訴他，這是我的「興趣」，不過卻換來一句：「興趣不能當飯吃，當畫家會窮死！」這一句話一直深耕在我的潛意識中，凡是跟賺錢沒關係的興趣花時間都是罪惡的。但現在，我覺得「興趣」才是人生最珍貴的資產，應該好好的被呵護並讓它發芽才對。如果說，生命是長期而持續的累積，那麼，「興趣」可能就是將生命片段累積起來的東西，那我的生命累積了什麼？或我跟本丸一起累積了什麼？

3. 抽象的腦子

本丸雖然在臺灣工作許久，但在工作場合中本丸並沒機會用到中文，忙碌的他更沒有時間好好學習。終於，他下定決心要讓自己從忙碌的工作中抽離出來，好好沉澱一下自己的身體及腦子。他既興奮又期待的積極報名了臺灣師大華語課程密集班，重新回到睽違已久的學生身分，雖然年紀已不再青春，但我敢保證他的心理絕對是青春的。

青春洋溢的校園環境總是讓人朝氣蓬勃，這股氣氛也感染了在職場打滾已久的本丸，若是我用「返老還童」來形容本丸回到校園的樣子一點也不誇張。回到校園的他每天穿著印有卡通圖案的T恤取代襯衫，企圖將自己的年齡減少十歲來跟他的同學打成一片。本丸上課總會帶著鴨頭造型的折疊傘，將它插在背包兩側的網狀袋。鴨頭折疊傘是我從日本買回來的，想不到他每天帶著鴨頭去上課還真的風靡了一票日本女同學，他下課回家總會得意的跟我炫耀哪個日本女同學又一直說他的鴨頭折疊傘好卡哇伊。

經過三個月的努力，無數的小考、大考，本丸終於拿到國家級的中級華文認證。雖然很開心，但對於臺灣的考試題型本丸一直感到很困惑，他的一對超大眉毛皺在一起，疑惑的問：「為什麼臺灣的考試問題總是試圖想讓學生不小心選到錯誤的答案？為什麼你們的題目要那麼狡猾，告訴我三個很像正確答案的錯誤答案，然後要我選出一個正確答案？為什麼不直接一點，或是告訴我比正確答案更多的知識？」對我來說這很正常，因為出題老師就是要考驗我們對課本夠不夠熟，或是夠不夠細心，總之答案就是要跟課本百分之百一模一樣才算正確。一問之下，才知道在法國不會出這種題目，他們會出申論題，比如：「試述法國農業一九六〇—一九八五年」，題目就這麼「簡單」。

我問本丸：「那是要回答什麼？這題目到底在問什麼？是要了解法國農業的什麼事？我不懂！」本丸說：「對，你們就是需要人家告訴你很清楚要回答什麼，才知道要怎麼回答！」受到質疑的我當然悶悶不樂的回說：

「要不然咧？」

他老是告訴我：「你們沒有抽象的東西！」當然他的意思不是說中華文化沒有抽象的思維，而是我們非常不重視這方面的思維。以法國農業那個題目為例，它是個申論題，所以可以回答所有你所知道的知識，但必需要有邏輯的完成一篇論述。我很好奇的問：「那老師是要怎麼改？有正確答案嗎？」一聽到我要正確答案的本丸，雖然已經試著將他的不耐隱藏起來，但還是被我看穿，他說：「這種題目沒有正確答案！你得花四小時完成你的論述，而老師給分數的標準則是看你的論述邏輯及深度！」他也跟我分享，他們的考試會有辯論，三人一組，一人扮演正方，一人扮演反方，另一人則負責下結論；比如說，正方說粉紅色的內褲很好看，那反方就要說為什麼粉紅色的內褲不好看，就這樣你一來我一往後，第三人就要針對正反兩方的論述下結論，到底粉紅色的內褲好看？還是不好看？所以看來抽象的思維除了必需了解某些全盤的知識外，也得需要往外擴散性的發想。

聽完本丸這位外星大使講完，讓我陷入了一陣沉思，確實我們的考試題型很愛出選擇題或是非題，而選擇題通常也只有一個正確答案，即便你覺得有兩個答案很接近正確答案，模稜兩可的情況也只能選擇一個，或四個答案都不完全正確也還是得選一個。總之，選擇題的精髓就是最後一定要選一個答案！而是非題呢，答案非對即錯，不管是前面描述對，或後面描述錯，或者是前面描述錯，後面描述對，只要其中有一個描述錯，那答案就是錯的，所以是非題的精髓就是，描述都沒有錯，答案才是對！果然是詭異的考試題型，選擇題的思維是，在既有的答案選項中選擇一個最適合的答案（最適合不代表是百分之百正確的），而是非題的思維是，找尋所有可能錯誤線索，來證明題目是對的。

我們都當過學生，對於選擇題或者是非題這樣的題型我們早已習慣，甚至已經熟悉到可以掌握出題老師的邏輯，即便有時候沒那麼用功，靠點運氣或是猜題，考及格或拿高分好像也不是那麼難。但畢竟這種題型只要是答案錯誤就無法取得分數，即便你可能知道考試題目中百分之八十的知識，但因為答錯了，就是零，所以它不但不公平，也沒有申論的機會，而它最不需要的技能就是思考，所以我們缺少了思考的訓練，培養出僵化的思維，壓抑了我們可能潛在的個性和創造力，卻培養了鑽牛角尖的能力。我們自以為拿滿分就不用進步，但從未踏進申論思維的領域，才知道我們的滿分可能只是無疆界知識中的一粒沙。

一個是由自己計劃方向並且申論之的訓練體制，一個是從現有知識中挑選出最適合答案的訓練體制；如同一個可以無疆界的自由論述，一個卻關在小房間裡找尋答案；這就好像是從小就必需學會計劃，自己規劃方向，那是多麼了不起的一件事，因為在計劃及規劃的前提，就是你必需具備一確的，所以我們花很多時間在找尋自己的方向。

一個是強調邏輯訓練的教育體制，一個是注重分數的教育體制，不一樣的標準，就會有不一樣的行為。申論題的好處是沒有正確答案，沒有絕對的對或絕對的錯，所以任何答案都不會被否決，同時也可以整理複雜的思緒，訓練自己的邏輯。所以當本丸覺得怎樣做才是對的時候，他就會自我認同的去做，而不太在意別人的看法。對我們來說，得到高分才是最重要的，得高分可以有技巧，很多時候不見得真的有複習完課本，因為猜題而得高分我也會很得意，但這樣的體制訓練出來的是如何有技巧得高分的戰術，只想到分數，而不在意自己的知識基礎穩不穩固，而培養出眼光短淺的思維。所以重要的不是花多少時間念書，也不是吸收了什麼知識或是課外的知識，而是有沒有得到好的分數。如果得高分是我們學生時代過度注重的主流價值，那賺多少錢也許就是我們出社會後的主流價值。當主流價值被過度重視的時候，我們就能看到為什麼大家都說身體健康很重要，但卻每天拚命加班的在賺錢。

思考是一種方向，如果已經知道方向，那真的會往那個方向努力一些。例如，法國人很重視家庭跟生活，這是一種生活的方向，若是違背這個方向的理念，大家就會集體大罷工來捍衛。而我們呢，我們也有這個夢，但我們沒有思考，沒有方向，看到大家都那麼「拚命」，好像不拚命點就不對，因為這是主流啊，大家都是這樣的，所以這應該是對的。我們的人生裡面不準有申論題，無法判斷現況合不合理，只能接受，繼續的在人生的選擇題及刪去法中不停地打轉。

抽象思維不是毫無邏輯的天馬行空隨想，而是有邏輯而且具有理性的思考；抽象化的思考是一種將觀念抽離原本客體的思想過程，它可以讓概念簡單化，讓人們重新再從綜觀或其他特定角度來了解事情。有了這樣的思維，才有機會打破單一的價值觀，重新檢視事情的態勢，也才能真正做

III

外星人與地球人

1. 是有沒有誠意交往啊？

我習慣跟男生約會時男生可以事先做好功課，規劃好行程，包含適合的約會路線、餐廳等。我希望男生來告訴我，我們要去哪裡，要吃什麼，當然會曬多少太陽及坐什麼交通公具都是在規劃的時候得考慮進去的。約會時可以從餐廳的挑選看出男生的品味，所以在選擇餐廳時也得費一翻功夫，所以最好這個男生對我有相當程度的了解，否則他的建議可能會讓我失望。講白一點，我就是個難伺候、飯來張口、茶來伸手的機車女。不過感情的事情就是一個願打一個願挨，只要兩個人都願意在一起的情況下是沒有誰對誰錯的，只能說這就是兩個人的相處模式。這樣子的約會模式對女生而言可真輕鬆，既不用煩惱路線又能期待驚喜，約會過程不需要用腦，只需要跟著走就對了，抱怨的時候還能看得出來男生危機處理的能力。

跟本丸出去約會，除了他會決定我們會面的地方之外，其他就是：「妳要去哪裡？」「妳想做什麼？」一開始我把他當「外國賓客」的時候還能忍受，但久而久之我忍不住發了火：「你是能不能認真一點啊？」他用比東方人大兩倍的雙眼皮眨了兩下：「我很認真啊，我真的想知道妳想要幹嘛？」我開始恢復機車女的樣子：「你是不能出門前先計劃一下嗎？你這樣根本就很不重視這次的約會！」他被我罵了以後，他會先試著規劃一下，然後再徵詢我的意見，沒有特別想法的我當然都是同意的。

異國戀一開始其實備嘗辛苦，辛苦的地方在於我根本無從掌握對方的想法，不知道該歸因於文化差異還是該歸因於他根本可能就沒那麼喜歡我；因為標準不同，我實在很難判斷他喜歡我的程度。約會的過程我深受其擾，因為本丸一直問我要幹嘛，我實在也不知道我要幹嘛呀！我一向約會就是習慣沒帶腦子出來，突然間一直要我有很多想法，我實在有點招架不住。終於熬了一個下午，可以預見他會問我晚餐想要吃什麼，我們走到永康街挑了一家餐廳坐下，我決定了，我要好好的跟他講一次我的約會模式：「你知道嗎？臺灣男生約會都會事先做好功課耶！男生不會一直問女生要幹嘛要幹嘛，而是會先規劃好，而我也比較喜歡這樣。」我看見他非常認真的在聽我敘述，但其實他聽得出來我是在抱怨。他問：「所以妳喜歡男生告訴妳做什麼妳就做什麼？」我說：「對！」但我不是一個真的沒想法的女生，而是莫名的覺得男生很有主見就能展現「男人味」，就是俗稱的很「man」；聽完我的敘述，本丸靜靜地看著我，指著廁所的方向然後對著我說：「那妳現在去上廁所！」我笑了一下：「差不多就是這個意思。」接著我就順著他的意去上廁所了。

有想法是一種習慣，沒有想法也是一種習慣，但這些都不是一朝一夕養成的。在過去的交往經驗中，我交往過的臺灣男生不喜歡太有想法的女生，當然這是我的個人經驗，不代表所有的臺灣男性真的是如此。我的經驗是，如果在交往過程中表現出太有自己想法的話，我常聽到過去的男朋友就會跟我說：「妳好像很有自己的想法厚？」這句話聽不出對方是在讚美，還是有點猶豫。所以漸漸地，我把自己的想法給隱藏了。

本丸對於我的抱怨並沒有生氣，也許對他而言這只是個文化差異，他覺得只要我喜歡就好，他都能夠儘量配合。不過他也為他的行為反駁，他之所以約會不做事先規劃，是因為他認為約會是我們兩個人的約會，所以不能只按照他的意思規劃行程，而是要跟我一起討論我們都想去的行程，他認為這樣才是尊重。他花了一分鐘辯駁完，我在下一分鐘就被他說服了。早知道事情這麼簡單明瞭，我何苦悶在心裡幾個月，早跟他抱怨解釋清楚不就好了。生悶氣絕對不是避免衝突的方式，因為總有一天還是會爆發。

他也跟我分享過去如果他約會都按照他的想法的話，法國女生會生氣，所以他不敢強迫女生按照他的想法行事，本丸告訴我：「這只是文化的差異，法國女生很獨立，知道自己想做什麼，連有時候出去約會法國女生都會想要自己付錢。」當然最後那一句我當作沒聽到。

法國人相較於東方男性，確實比較尊重女性。到法國，身為女性的我總是有種被伺候的感覺，不管是入座、進屋、坐電梯等都一定是女士優先。到了餐桌上，不管是敬酒還是拿食物，也是由女士優先；女士優先的文化在法國已經有點到「堅持」的程度了。比如說，在餐桌上分食物，我認為老人家應該要優先，但男性老人還是會禮讓給女性，依序就是女性老人、女性、男性老人、男性。如果一起進門，就算我客氣的走在後頭讓大家先進門，其他男士會等待我跟上速度後，先讓我進門，再尾隨我進入。又例如，如果一起坐電梯，我按著電梯開門鈕示意要大家先出去，但我還是會被電梯裡的男士堅持地先把我趕出去，男生最後再出電梯門。生長在對敬的晚餐用餐時間很長，五、六個小時很稀鬆平常。晚餐前大家會先在主人家的客廳裡聊天，餐前的聊天可能是半小時到一小時，主人通常會準備香檳及小餅乾，讓大家先在客廳裡吃，等到大家把香檳喝的差不多了，主人再邀請賓客上餐桌。主人會指示大家的坐位，然後賓客依序而坐，接著用餐順序就是湯、前菜、主菜、甜點、咖啡。所以如果一道菜吃一個小時的話，整個晚餐吃完外加餐前香檳就是六個小時了。為什麼喝個湯或吃個前菜也要一個小時呢？因為當你吃下第一口主人準備的菜的時候，如果很好吃，在場的人一定會一口一口享受著美味的湯，然後發出「hmm~」的聲音，這時候就會有人問主人：「這湯真好喝，怎麼做的啊？」然後主人就會毫不敷衍鉅細靡遺的告訴你這湯的做法，東聊西聊的一個小時就過去了。以下的每一道菜差不多就是這樣的情形，吃到香腸問香腸，吃到起司問起司。用餐的另外一個規矩，就是每一道菜的順序一定要等到大家都吃完才可以進行下一道菜，不會是誰的湯喝得比較快或是前菜吃得比較快就能夠先吃主菜，吃比較快的人就得等吃比較慢的人，一定要等到餐桌上的人都吃完了，才能一起繼續進行下一道，每個人的用餐順序必需同步。這樣聽起來，感覺上吃太慢好像會很有壓力？其實完全不會，因為我就是吃東西超級慢的人，我進食的速度就好像我的食道跟一根小吸管一樣，食物永遠吞不下去。就算餐桌上大家都早已吃完了，也不會露出一副全世界都在等我的樣子，而法國人天生就長舌，所以我可以繼續很認真的慢慢吃我的菜，而他們聊他們的天，最終會發現，當我吃完的時候，他們還在聊天，我還得等他們聊到一個段落後，主人再進行下一道菜，要急也急不得。

記得有一次聖誕節假期，我因為在短時間內吃了將近二十種起司，導致我的肚子不舒服了三天，所以才吃到前菜的時候，我已經快吐了，我跟本丸說：

「我辦法再吃了，我已經快吐了。」我一邊撫摸著我的小腹一邊說。

「那就不要吃啊！」本丸正大快朵頤的回答我。

「可是這樣會不會很沒禮貌？」我擔心的問本丸，因為如果在臺灣大過年的，長輩挾菜到你的盤子裡，就算胃都快爆炸了也得吞下去。

「不吃就不吃，妳就說妳吃不下了。」他很堅定的覺得我應該要告訴大家實話。

結果本丸的阿姨端出一盤看起來像是二十人份的牛排，但實際上我們只有六個人，我猶豫著：「我到底該吃？還是不該吃？」

他阿姨為每個人分配牛排，我看著美味的牛排一個一個的放在大家的盤子裡，輪到我時，我真的很想嚐嚐那個法國牛排啊！最後，我還是決定用法文告訴她，並且示意的揮揮手：「哦，不，我飽了，謝謝！」當然我簡短的向她說明原因，他的阿姨只是微笑的說：「沒關係！」然後繼續的為下一個人服務。

我想這些就是尊重，不讓別人感到壓力，每個人也可以真實的表達自己的想法。在場沒有任何人對我的進食速度感到不耐，也沒有任何人因為我吃太少而覺得我有任何不禮貌，只有讓我不感到壓力的找話題繼續聊，或關心我的肚子是不是還好。事後，我好奇著到底是吃了什麼厲害的起司把我搞成這樣，結果罪魁禍首是一種諾曼地的伊泊斯起司，它的味道很濃烈，而且我吃它的時候沒有去除它的皮膚，這一次的經驗讓我一整年不敢再碰起司，真是一朝被蛇咬，十年怕草繩啊！

2. 要，就是不要；不要，就是要

對本丸來說，他永遠不知道，我到底是要？還是不要？

我想，一開始的相處，我讓本丸信心崩潰，因為他老是想不透我為什麼不開心，但其實我也沒有不開心，我只是沒有很開心。

「妳肚子餓了嗎？」

「還好！」但我心裡頭想著，應該是時候吃飯了。

「好！」本丸回答我後就繼續用他的電腦。

我想本丸的認知是我應該還不餓，不然怎麼會問完我後還繼續做他的事？

等了許久後，我帶著怒氣不耐煩的問他：「你到底要不要吃飯啊？」

本丸語氣平淡，而且帶點無辜的回答：「要啊！」

我可以理解，他本來就是要吃飯，只是我期待他早點自己主動告訴我他餓了他要吃飯，但我一直等不到，所以我生氣了，可是，他不是一開始就問我餓不餓嗎？

「妳要吃什麼？」本丸在街上問我。
「我都可以，你選！」
「吃這個ＯＫ嗎？」
「那這個呢？」
「呃……」看起來很明顯我不太滿意，所以他繼續帶我找其他餐廳。
「呃……ＯＫ……」
他聽到重要訊息了！「ＯＫ」，所以他帶我去我認為ＯＫ的餐廳，可是他沒聽到我前面有「呃……」啊，這就表示沒那麼ＯＫ，所以我們吃了我覺得沒那麼ＯＫ的餐廳，我當然沒有很開心，但也沒有不開心。
「耶比！聖誕節要到了！」本丸興奮的扭動屁股及左右搖擺著手。
「對啊，你有什麼計劃嗎？」我一邊用電腦一邊冷靜的問他。
「妳要不要禮物？」他兩隻手的食指指尖互相碰觸，很認真的問。他之所以會這樣問是因為一開始我就告訴他，禮物對我來說不重要，所以他才不確定送禮的行為對我來說適不適合。

「不用啦！」我繼續認真的用我的電腦。

「為什麼？」他皺起眉頭嘟起嘴巴，就好像他想做一件事但卻被我拒絕一樣。

「幹嘛要送禮物？」我也輕微的皺起眉頭，不同的是我的眉頭稍稍的挑起，帶點質疑的反問。

「嗯……不然妳選一件衣服，妳都沒有衣服。」他好像在協商一樣希望找個平衡點。

「不用啦！」我搖搖頭回答，讓他知道他再怎麼協商都是浪費時間。

「真的嗎？」他還是皺眉嘟嘴的臉，依然不情願。

「真的！」我點點頭，讓他知道我的「真的」是真的！

不過，本丸已經搞不清楚我說的「不用」，到底是真的不用還是假的不用？與其冒著可能會讓我不開心的風險，不如就送吧！如果我說的「不用」是真的，那麼送了禮物，至少我不至於會不開心；如果我說的「不用」是假的，那麼送了禮物就有可能讓我心滿意足。所以不管未來是什麼節日，情人節、聖誕節、新年、生日等，本丸總是會為我準備禮物，但老實說，我的「不用」是真的。

「你們為什麼不能直接一點？」一聽到「你們」，我想本丸抱怨的應該不是我的行為，可能是大部份臺灣人都有這樣的行為。頓時從一個準備接受責罵的臺灣女友挺身成為臺灣所有人民辯護的一份子：「這就是文化不一樣嘛！」我把不直接表達的行為推到「文化」身上，一點也不覺得這那裡有問題。

他的脾氣好到他接受我以「文化」為由為臺灣人辯解，但最後只用淡淡的一句話給我忠告：「但妳這樣子只會永遠把事情講不清楚。」

聽完這句話，頓時有那麼一點點慚愧的感覺。我本來還喜孜孜的心裡頭想著，異國戀真是方便，反正對方適應不良的地方就用文化來辯解，這樣既不需要調整自己，而且一切都可以合理化。

不直接表達，只會讓事情變得更複雜，而且結果永遠不是我想要的！我到底是什麼毛病要這樣妥協自己，然後又表現出自己的不悅，也讓身邊的人感受到我的不愉快，何苦？真的不直接是我們的文化嗎？還是因為我真的不知道自己需要什麼？所以無法斬釘截鐵地給予清楚的答案？

異國戀有一個很麻煩的議題，就是如果有一方需要回到自己的國家生活，或是到其他的國家發展，那另一方怎麼辦？其實這個問題我們每年都必需面對一次，因為本丸的工作合約每年都必需重簽，在大公司工作人事異動頻繁，所以他也很難掌握這個工作年度結束了，下個年度是否還能繼續？以亞洲幾個新興國家比較，臺灣相較於香港，中國的上海、北京，新加坡、南韓的首爾等幾個地方提供給外籍人士的工作機會相對非常少，所以如果公司不繼續簽合約的話，那本丸在其他幾個大都會能找到的工作機會比較多。

「如果我找的工作在上海或新加坡，妳要不要跟我一起去？」本丸通常問我這個問題前，都習慣先把我抱起來，背對著他坐在他的大腿上，就跟抱一個小女孩準備要開碰碰車一樣；我想這樣也好，因為這樣我思考的時候他只能看到我的後腦杓，但同時，我也擔心以我的重量他的腿會斷掉。

「呃……可以啊！但當然能在臺灣找到工作是最好。」

「嗯，那如果真的要離開臺灣呢？」

「那我也沒辦法啊，只好跟你一起過去啊！」

「不是有沒有辦法的問題，而是妳到底想要做什麼？」

「我沒有要做什麼啊，就是要跟你在一起咩！至於要做什麼，我怎麼知道到國外我要做什麼？你要我做什麼就做什麼啊！」

「妳是宋念華，妳不是別人，妳想想妳到底想要做什麼？」

夫唱婦隨一直以來似乎是被讚揚的觀念，所以我一直打不定主意，我等著「夫」決定而「婦」跟隨就好了。但這次，我好像有那麼一點點聽得懂他在跟我講什麼了，他不是要問我到國外要做什麼工作，而是他要我想想，我的人生想做什麼？

好，我的人生我到底想做什麼？這不是一個簡單的答案，所以我現在還不知道。但至少，我開始思考，我到底想要什麼樣的人生，而我想要的人生絕對不是「依附」在另一個人身上，而是能夠獨立自主的過著自己想要的人生。獨立自主的同時，如果能夠找到另外一個人，共同過著兩個人都想要的生活，那是最完美的。所以本丸的意思是，他不希望我過著「他」

的生活，而是過著「我們」的生活。

過度的婉轉，是不是太在意別人的看法了？習慣性的不直接表達，是不是自信心不足？總是無意識的委屈求全？在家庭、同儕、職場，什麼時候可以暢所欲言？暢所欲言的結果又會如何？西方人普遍重視自主性的展現，東方人則比較保守；自主性的展現不見得會受到鼓勵，因此培養真實表達自己感受是困難的。擔心會說錯，對方不接受，而選擇隱藏自己的真實感受，同時也關閉了讓別人了解的機會，一而再，再而三的讓自己的期待一再落空。我想，在生活中，先從自己開始吧！先對自己表達真實的感受，與自己對話，再將真實的感受表達出來。除了開啟對方走進心裡面的大門，也成為對方想要邀請你走進他大門的人。

3.

妳不能逼我，妳自己有腦

我的老家在臺中，交往初期我曾詢問過本丸要不要跟我一起回老家，我沒別的意思，只是覺得如果週末我一個人回去，那我在臺中，他留在臺北，就沒辦法在一起了，與其這樣不如一起回臺中。

「我明天要回臺中哦，你要跟我一起回去嗎？」每當要問這個問題時我都非常猶豫，我擔心他會不會覺得我好像急著要跟他步入下一個更穩定的關係，但如果不問的話，又擔心他會不會覺得我怎麼一直不邀請他？

「嗯……可以不要嗎？」他嘟著嘴考慮了一下婉拒。

「可以啊，但你知道，我邀請你跟我回去沒有別的意思，只是想說這樣週末可以在一起。」我沒有因為他不想跟我回去而生氣，我只想讓他知道我真正的用意，我真的沒有要逼他跟我進入下一個階段的意思。他說他知道，他只是覺得跟我回臺中可能會很無聊。我可以接受他的想法，所以交往初期，如果需要回臺中，我都是一個人回去，他則留在臺北。

「我要走了，掰掰！」

「那妳什麼時候回來？」

「星期日晚上吧，吃完晚餐再坐車回來。」

「大概幾點？」

「我不知道，反正就是差不多十點左右吧！」

「好，那我就等到妳！」他以奇怪的中文文法回答我。

每次回去，他總是問我什麼時候要回來，他希望我可以早一點回臺北，而每次當我回臺北，我們就像是好幾年沒見面的情侶一樣互相熱情擁抱。

有一次搞到特別晚，我打電話向他報備了一下：「我現在才在車上，可能會很晚回家哦，你如果累的話你就先睡！」他說：「好！」我本來還預期著他應該會問我大概幾點到，需不需要來接我之類的，結果我半夜一點多回到家，打開家門已經熄了燈，他真的睡了！他沒等到我就睡了！怎麼可以這麼放心就睡了啊？

回到家脫下鞋子，放下背包、鑰匙，難免會發出一些聲音，我想我是把他吵醒了，我說聲抱歉，他睡眼惺忪地看到我回家很開心，但我心裡面想說，他睡著了，如果我在外面發生了什麼事他也不知道！

「我那麼晚在外面你不擔心哦？」

「臺北很安全。」

「你也不擔心我要怎麼回來？」

「妳可以坐計程車啊！」

我正在考慮是不是該反駁，我心裡面想著：「什麼叫做臺北很安全？我當然也知道可以坐計程車啊，但一般男生會來車站接我好不好，哪有人女朋友還沒到家就已經呼呼大睡了？」我冷靜了一下，決定把這些話先吞了回去，突然有種「放棄」的感覺，我只能告訴自己說：「他就是個外國人，不然你是要怎樣？他就是不會做一般臺灣男生會做的事，要嘛就交臺灣男朋友，要嘛就不要抱怨！」我乖乖的進了被窩睡覺，我們同一個方向側睡，他像隻無尾熊似的從後面抱我入睡。

在兩性關係裡面，我的專長就是裝無能，因為太有才幹的結果總是沒好下場。與其這樣，不如屈就點，裝得好像不是太聰明，讓男生有點表現。因此「怎麼辦？」是我的口頭禪，我特別覺得當我問「怎麼辦」的時候男生特別開心，因為當我開口「怎麼辦」時就表示我需要他們的幫助，相對的，讓男生感覺自己是個強者，讓他們建立些自信。因為太有才幹的結果只會讓男生覺得自己一無是處，那這樣的話就可能去找一個能夠滿足他「被需要」的對象。於是，在本丸身上我如法炮製：

「怎麼辦啦！」我一邊跺腳一邊抖手，活像是個鄉土劇中的歐巴桑。

「怎麼？」他非常冷靜的問我。

「我忘記我們看的那本書中間發生什麼事了啦，你幫我想一下啦！」我像一個小女孩抓著本丸的手臂要他幫我回想一下書裡的情節。

「我也不知道。」他依然故我的盯著他的平板電腦。

「啊～快幫我想一下啦，我想不出來啦！」我繼續耍賴，更大聲的求助，就好像他如果沒幫我想到那中間的情節我馬上就會被抓起來鞭打一樣。

「妳不要逼我！妳自己有腦！」他把他那一對超大的眉毛皺起來，嚴厲地斥責我。

沒想到這麼一個小事的求助竟然讓我吃了個閉門羹，我安靜了三秒鐘後，語氣不再誇張，但仍然繼續：

「你幫我想一下是會怎樣？幹嘛那麼小氣！」

「這不是小氣，而是妳有腦啊！」

好了，我決定不逼他了，因為他覺得我有腦！

他不但覺得我有腦，而且他覺得我「是個」獨立的女生，而不應該「變成」獨立的女生。可是難道本丸就不擔心，如果哪一天我變成一個獨立自主的女性，我就不需要他了耶！

「如果我什麼事情都可以自己做，那我就不需要你了耶！」我不確定這是個提醒？還是個威脅？

「我超希望妳什麼事情都不需要我，這樣妳就可以自己做，比如說煮晚餐，妳就可以自己煮，哈哈！」

「可是除了煮晚餐，那其他的事情我就真的都不需要你了耶！」我想這次威脅的意味比較濃厚些。

「那這樣也很好啊，不然妳只會愈來愈懶惰！」我想他是在抱怨現況。

「我如果什麼事都可以自己做，那我就可以隨時離開你了耶！」我的語氣不再帶有威脅意味，取而代之的是試圖合理化我的懶惰。

「妳是不一定要選擇我啊！」他仍舊平淡理性的回答。

過了一會兒，本丸終於放下他手上的電動，告訴我：「我們是一個團隊，我們應該要一起創造一些事情，而不是盡做一些低層級的事，比如幫妳去超級市場買菜、買優格、買鮮奶等，這些當然是生活中的一部份，但不應該只有這些，而是我們應該要一起計劃，一起前進，要不然就真的一個人就好啦！」

講完，本丸繼續拿起他的平板電腦玩著他的賽車電動，當他的車再度被撞爛 Game Over 的時候，等待重新開始的空檔他又繼續發表：「我是不知道妳以前的臺灣男朋友怎麼樣，但如果只是依照其中一個人的想法去實現一些事，那另外一個人會很孤單耶！所以我覺得不管做什麼事都需要一起計劃，這才是我們一起的世界啊！」

本丸有一張娃娃臉，所以外表看起來很年輕，但是人格卻很成熟。身邊的人都以為他年紀比我小，但我的保養步驟也沒少，真不知道是他的問題還是我的問題。本丸不需要我來確立他的存在感，如果他需要我來確立他的存在感的話，那表示他也不是一個獨立成熟的人。也因為這樣，他不需要一個嬌弱的女人來讓他感到自信。他是一個逼不得的人，他也不會逼我，他只是希望兩個人在一起可以很開心。

懶惰確實是我的劣根性，已經年過三十的我都還可以一天睡超過十二個小時，我沒有把握能成為他理想的團隊成員，我憂愁的問：「如果有一天，我變得很懶惰，什麼都需要你，那你是不是會離開我？」這次，他沒有等到他的車撞爛才抬頭回答我，而是先按了暫停鍵，放下他的平板電腦，用他大大無辜的眼神看著我：「嗯……不會……只是我會很不開心……。」

IV

法國人比較浪漫？

1. 不要在這裡親啦！

我最怕在公共場合跟本丸兩眼對看三秒鐘以上，因為他下一秒的動作就是親上來。

「好啦，不要在這裡親啦！」在捷運上左閃右躲的我感到很不自在。

「為什麼？」他一對粗大的眉毛上揚，露出疑問的表情。

「很多人會看啦！」

「誰在看？」

「很多啊，你自己看！」我隨便指了一下四周，發現捷運上的乘客不是在玩手機，要不然就是專心地聽音樂，根本沒人在看。

「沒有啊！」他以一個非常不認同且有點像酷企鵝的表情看著我。

「有啦！」我強辯以後就不再與他四目相對了。

不管是在等紅綠燈、排隊買電影票、排隊結帳、在公車上、走路、在餐廳、在飛機上，只要我跟本丸兩眼對看三秒鐘以上，他就會親上來。接著我的反應每次都一樣，先閃，然後找一個藉口說大家都在看。

有一次我把他給惹火了，一樣的情形，我們四目相對了三秒鐘後，預料中的他打算親上來，我馬上往他的胸膛推了一把，示意不要在公共場合親熱，但我知道他其實只是想輕吻一下，還稱不上親熱，但我就是不習慣，即便週遭真的沒有人觀看，但我就是莫名的覺得全世界都在關注著我，令我感到不自在。我實在不願意在不自在的情況下強迫自己親吻一個男人，因為這樣我就會睜開眼睛，親吻中睜開眼睛的結果不是心不在焉的掃描四周，要不就讓自己變成鬥雞眼。

他不開心的跑走了，跑到距離我大約五公尺的捷運車廂找個位置站著，我從遠處看著他右手拉著車廂上的拉環，盯著前方的車廂玻璃，臉很臭。

我剛才的反應確實大了些，自己也覺得不太妥，我讓彼此冷靜個三十秒後走過去：

「怎麼了啦？」我有點心虛的問他。

「沒有啊！」他不開心的回答，但我覺得他也不是在氣我，只是不明白為什麼我要抗拒。

「好啦，我就是害羞咩！」我希望他的氣能夠消一點。

「害羞什麼？」

「我就怕別人看啊！」我有點不耐地回答他，因為這個原因我解釋過好幾次了！

「沒有人看！是妳自己覺得有人在看！」他用柔情攻勢試圖消除我的心理障礙。

我不再跟他強辯了，其實我也知道沒人在看，但我就是不自在。他知道我不自在，所以他並不是氣我，而是無奈為什麼他由心而發，因為開心想輕吻一個他喜歡的女人卻是如此困難。最後，他只能向自己妥協：「這又是文化差異吧！」

在法國，輕吻比握手還要頻繁。朋友間見面一定要行吻面頰禮，情侶見面一定會親吻，即便週遭有很多朋友在。每次回巴黎，本丸總是會約一堆朋友出來聚餐，我們最愛約的地點是杜樂麗花園，因為那邊有不錯的餐廳，場地大，交通也方便。本丸的朋友依照我們約定的時間一個個的來到約定地點，如果在場有情侶會面，會面時一定會在大家面前大方親吻，接著就坐，親吻完仍然繼續深情地望著對方開心的微笑，可以感受到他們見到對方有多麼開心。坐在週遭的人，就很平常的看著這對剛會面的情侶親吻，深情望著對方，等他們沉浸完見面的喜悅後，接著大家繼續聊天。

我對面坐著本丸認識三十年的好朋友，她叫克萊兒，有著大大的眼睛跟淡藍色的眼珠，她在我認識本丸前就拜訪過臺灣，我好奇的問本丸：

「那克萊兒來臺灣的時候住哪裡？」

「住我這啊。」

「住你那？你的意思是說跟你住在同一間？」

那時候本丸在臺北住的是樓中樓的挑高套房，上層是無法站立的臥房，下層則是客廳跟廚房以及擺了一張單人床。所以在我的觀念裡面，這樣就叫做「一間」！

「對啊！」他非常理直氣壯的回答。

「男生跟女生怎麼可以住在同一間？」我雖然信任他不會做什麼事，但還是無法接受成年男女住在同一個空間這件事。

「為什麼不可以？」

「為什麼可以？你們只是朋友！這樣會讓人家誤解，就算沒有發生什麼事，但你們從同一個門出來，那別人會怎麼想？」

「在法國可以。」他告訴我在法國男女可以在同一個空間過夜。

我心想：「最好是啦！」

克萊兒是個可愛的女孩，我覺得她跟本丸都非常具有當諧星的潛力，我們都非常期待她男朋友的到來，因為她也空窗好一陣子了。她用電話聯絡，詢問她的男友到了哪裡，告訴他我們所在的花園位置。終於，我們看到一位跟本丸比起來黑色素相對少很多的男子，兩手插在口袋裡快步地走來。我從未看到克萊兒這麼開心，見到他的男朋友在眾人面前熱情擁吻，坐在對面的我，不禁害羞了起來，我考慮著是不是該轉移我的視線，轉移了，好像又有點不禮貌，不轉移，難道就禮貌嗎？唉唷！我該怎麼辦呀？於是我觀察週遭的人怎麼反應，週遭的朋友就是很直接的看著這對情侶當場熱情擁吻，並面帶微笑，那我也用相同的反應好了，只有本丸竟然在他們親吻的時候驚訝地說：「哇塞！」然後把他的四根手指頭握拳，手背向外的放在他的嘴邊，有點像日本女生看到偶像的那種興奮的樣子。本丸的反應讓我停頓了兩秒，第一，法國人真的不會脫口而出：「哇塞！」頂多就是：「wow!」；第二，他幹嘛那麼驚訝？好吧，他的反應我也該負點責任。

我覺得法國人是一個重感情的民族，本丸每次回法國，見面的朋友不是認識十年、二十年、要不就三十年，他也不過才三十初頭歲。每次回去約個十幾二十個朋友一同到花園會面，也沒人急著要回家，大家就是很盡興的在花園裡天南地北的聊天，一直聊到天黑警察來趕人要關門，大家被趕出花園，在花園門口大家互道再見。但法國人的再見通常得花上半個小時，這半個小時的再見如果聊天的興致又來了，就會再找下一個地點繼續聊天。法國人就是這樣，總是有聊不完的事情，即便只是聊一根香腸。那天深夜回家，我好奇的問本丸：

「你們為什麼能想親就親？而不在意別人怎麼看？」

「自己開心就開心，比別人怎麼看重要。我們在公共場合親吻，在法國，也是有些老人會看不習慣，那就不要管他們就好了。這些老人可能會說出他們的看法，但最終還是會尊重你的做法；在臺灣，他們也會說出他們的看法，但他們會希望你照他們的看法做，這點很不一樣。」

親吻是法國人表達愛意最直接也是最方便的方式，這種自然的程度似乎是從小到大就養成的習慣。本丸也會輕吻他的媽媽。有一次我帶本丸的媽媽到花蓮走太魯閣的吊橋，走吊橋對我來說就跟走柏油路一樣，但我不曉得對本丸的媽媽來說，簡直是跟天堂路一樣的挑戰。她一步步小心翼翼的從吊橋的一頭走到另一頭，本丸在終點等她，當他媽媽最後一步從橋上踏到路面的那一刻，本丸上前大大的擁抱她，並給她大大的吻，誇讚他的媽媽好棒。對他們而言，這只是溝通的其中一種方式。本丸每週會固定與他的媽媽用視訊聊天，一聊就是一、兩個小時，有時候聊完，本丸會跑過來突然親我一下，我問他幹麻？他告訴我：「因為我媽媽叫我給妳一個kiss！」

我只敢把愛意放在心裡，不敢表達出來，對於這種直接又有點外放的溝通方式，我既渴望又害怕。為什麼渴望？因為這是本能的需求，每個人都有身體接觸的需求，來自於情感的反應，從嬰兒時期就存在，並非學習而來。那害怕什麼？害怕別人的看法？害怕別人會怎麼想？害怕跟別人不一樣？當然我又可以把它解釋成文化差異，然後一語帶過，但是這種壓抑感讓我有點不甘心就這麼簡單帶過。如果文化是知識與經驗累積後所體現的行為，那我就好奇，我這些知識與經驗，是從哪來的？誰告訴我在公共場合親密不好？而我換來的經驗又是什麼？

也許是集體的力量讓我學習抗拒本能的需求，這實在有點弔詭。感情的意義在於彼此的滿足，既不能滿足自己本能的需求，又如何滿足對方的呢？「自己開心就開心，比別人怎麼看重要。」既然親吻是一種表達愛意、鼓勵、快樂的方式，而且這種表達方式真的能使對方充份感受到你的愛意、鼓勵與快樂，那為何侷限呢？

2. 我「喜歡」妳

如果說，「我愛妳！」是情侶間最具震憾且充滿愛意的表達，我可從沒在本丸那兒聽過，但歷任男友卻每個都對我說過：「我愛妳！」

「我喜歡妳！」本丸露出滿足的微笑對我說。

「就這樣哦？」

麼。

「對啊！」他用力地點點頭，完全沒有因為我的不滿意而想補充點什

有個同事的男朋友恰巧也是法國人，身為同樣是法國人的女朋友，我們常常會討論點事情，不一定全部是感情的事，可能是招待法國人的經驗分享，當然不是招待我們的男朋友，而是招待他們的親朋好友。

她的經驗比較豐富，我請教她本丸的朋友來，我應該要帶他們去哪裡玩？他們對什麼有興趣？喜歡吃些什麼？我想藉由她的經驗來讓這些外國朋友來臺灣玩得開心一點。說著說著，我岔開話題，好奇的問她：

「妳跟妳男朋友在一起那麼久，他跟妳說過我愛妳嗎？」跟本丸交往也好一陣子了，從來沒有等到這句話，我想要確認是不是法國人都這樣。

「我有一次寫信給我男朋友，跟他說我愛你，他不但沒有高興，反而還有點生氣。」看來她也非常疑惑的跟我分享她的經驗。

「為什麼啊？」我無法理解為什麼在情侶間稀鬆平常的互相表達我愛你有那麼難。

「因為他說這是很嚴肅的事情，不能亂說。」

的確，如果「我愛你」只是一句淪為聽了會讓對方高興但卻沒有任何承諾意義的話語，那有沒有說出來根本就不重要，因為會讓我高興的話還有很多，比如說，你說我長得像張曼玉，我也會很高興。

我決定用一個「客觀」研究者的角色，來了解本丸跟我交往那麼久，但遲遲不講「我愛你」的原因：

「我問你哦，你們為什麼都不講我愛你？」我只有他跟我同事男友兩個案例，就試圖把這樣的行為簡化為「你們」來表達。

「什麼你們？妳不能因為我一個人的行為就說我們法國人都這樣？」

「好啦，那我是說你啦，為什麼？」如果不用「你們」，我試圖用「客觀」的角色來「研究」的力度就減弱了，我不想讓他覺得我是在要求他必需說「我愛妳」。

「因為我害羞。」

「正經一點啦！我真的想知道！」我還是盡可能試圖保持中立，不帶一絲情緒地用「客觀研究員」的角色來詢問。

「這只是不一樣的表現，說不說都不重要。」早上的他鬍子還沒刮，身上還穿著醜醜的睡衣，突然正經地看著我回答，我心想他現在就算跟我說「我愛妳」也不適合。

愛要怎麼證明？以前看連續劇，總是會有這樣的橋段：

男主角：「妳如果愛我，就證明給我看！」接下來的動作就是試圖讓女主角跟他一起上床。

女主角：「你如果愛我，就說你愛我！」

這就好像兩個消費者在「討價還價」，我不知道情人間的行為該是怎樣？但如果雙方的關係需要用「商量」來證明關係，習慣用「談判」的方式來達到目的，這樣說一百句我愛你那又有什麼意義？

本丸了不起就是跟我說：「我喜歡妳！」但卻讓我體驗前所未有的踏實感情。

因為它真實。

我曾經養過一條流浪狗，有點潔癖的我這輩子從沒想過竟然可以接受一隻狗跑到我的床上而且在我臉上踩來踩去而我毫不介意，但我要謝謝那隻流浪狗，因為牠讓我感受到前所未有的開心與滿足。

我的狗叫「小寶貝」，是我在山上撿來的。那年夏天臺北已經連續下了兩個星期的雨，天還沒放晴，但至少雨停了，我決定去爬住家附近的四獸山。上山時我聽著我的 mp3，享受戶外的空氣以及耳裡傳來的搖滾樂，當時我跟一般的年輕人一樣，最喜歡聽的音樂就是美國搖滾樂，因為這樣一來可以突顯自己的特別，跟時下一般女生喜歡的愛情抒情樂不一樣；二來可以突顯自己的英文程度還不錯，這樣就可以塑造出好像有點叛逆又有點內涵的形象。

山上空氣比平地來得好，但卻潮濕又悶熱，這是典型在臺北兩個星期衣服晾不乾的天氣型態。沒一會兒就開始流汗了，我為自己設定目標，決定爬到一座小廟，俯瞰一下臺北盆地，吹吹風，拉拉筋，就準備下山。下山的速度總是比上山快，天色已接近傍晚，我決定加快速度快點到山下，因為我怕我一個人在天色昏黑的山上會被怪獸吃掉，畢竟地球上出現過這麼多神祕生物，很難說牠們到底存不存在。

我下山的腳步愈跨愈大，原先我需要兩個腳步下一個階梯，我加快為一個腳步下一個階梯。我發現一個腳步一個階梯的節奏很好掌握，我想時間是夠的，我應該可以在天黑前下山。我低頭跨步走著走著，突然發現左前方有一坨深咖啡色的毛球，我好奇的停下腳步彎下身子，低頭仔細看了一下那坨毛球是什麼？感覺上它不是一個毛絨絨的玩偶，因為它的毛比玩偶精緻多了，而且它的咖啡色有漸層。天色昏暗導致視線不佳，於是我更靠近了一點看，我判斷牠應該是個動物，那頭呢？我繞著這個只有橄欖球大小的咖啡色毛球想知道牠到底是什麼動物，我隱約看到牠的小耳朵，所以我想頭應該在這吧，我跟牠說：「哈囉！」

牠露出小小的臉，虛弱地看著我，原來是一隻剛出生不久的小狗，但有一張小熊臉。牠好虛弱，我把我的礦泉水倒在手上，試著讓牠喝，我以為小咖啡球會伸長牠的脖子來喝水，結果牠還是一動也沒動。我把我的手往前伸，靠近牠的鼻子，牠還是沒有喝，是太虛弱了嗎？還是因為牠太小，還沒學會怎麼喝水？我這輩子從沒養過狗，也不喜歡動物，對於動物的行為我真的沒經驗，所以我真的不知道！我小心翼翼地抱起牠，牠身上臭臭的，沒有任何反抗，我想牠虛弱到沒力氣了，我跟牠四目相對，我只能說，牠！好！可！愛！我不知道我該怎麼辦，當時我住的是七、八坪的小套房，不適合養狗，更何況牠會長大，我該把牠放回原地，然後一走了之嗎？以牠現在虛弱的程度，我覺得牠沒辦法撐多久的。唉！真是一場心力交戰。這時天空突然開始飄起細雨，我決定先把牠抱回家再說。

人總是很奇怪，看到自己覺得可愛的東西就會忍不住的跟牠（它）講話，而且總是幻想牠（它）聽得懂。我不知道該怎麼稱呼小咖啡球，所以就暫且叫牠「小寶貝」，光聽這個名字就知道我當時取得有多隨便，因為我並沒有要收養牠的打算，而是想把牠送到收容所。

我上網查詢臺北市收容所的資料，再看看網友對於收容所的評價，最後，幾經思量，我打消把小寶貝送到收容所的念頭，因為送牠到收容所就等於是送牠去死，我實在無法把這麼可愛的小狗送去死，雖然我的房間真的很小。所以，送收容所不是我處理小寶貝的選項，但我一直沒想到第二個選項，我也曾經想把小寶貝送給愛狗人士，但畢竟小寶貝是隻「米克斯」，也就是混血狗，有興趣的人實在不多，就這樣隨著時間過去，一年過一年，咖啡球已經二十公斤了，但牠還是叫「小寶貝」。

養育小寶貝的過程很辛苦，除了花費大，房間衛生也是個問題，小寶貝鬧脾氣的時候會在我床上大便，而且牠又習慣睡在床上，身體一定要塞在我身上的某一個地方，有時候我覺得牠沒有意識到牠已經是二十公斤的中大型犬，牠硬是跟我塞在一起的時候我什麼事也沒辦法做。小寶貝是個正妹，連醫生都說牠的五官很漂亮，記得小時候看「一〇一忠狗」的卡通，狗跟主人都長得特別像，有時候靜靜看著小寶貝，還真的有點像我女兒的感覺。跟小寶貝住在同一個屋簷下，我身上總是散發著母狗味，走在路上總是有公狗來抱我的大腿，但我已很經習慣這樣的場景了。

最後房東無法忍受小寶貝的存在，於是要求我搬家，不然就威脅要把小寶貝丟掉，養育小寶貝真的讓我惹上不少麻煩，但牠帶給我的絕對遠遠多於這些小麻煩。

有小寶貝的日子，我每天最期待的就是下班回家跟小寶貝相處。當時我住在一棟舊公寓四樓的隔間小套房，每當回家，當我打開一樓的公寓大門，我想小寶貝的耳朵一定動了一下；當我上樓梯一層一層往上爬時，我想小寶貝一定豎起牠的耳朵注意聽著我的腳步聲，猜猜是不是牠的主人回來了；接著牠會一直注意聽著我繼續走往套房樓層的腳步聲，愈接近，小寶貝就愈興奮。我想這時候小寶貝已經起身，搖著尾巴，然後牠再繼續注意聽著這個腳步聲是往那個隔間套房走去，當我開門時，小寶貝早就在門邊等候許久，起身撲向我，尾巴左右迅速地擺動著，臉上掛著笑容發出狗的笑聲，超級開心的迎接我回家！

我的人生第一次因為愛而如此的滿足，我也第一次感受到如此純潔的愛！本丸從來不說「我愛妳」，但每當我下班回家，打開門迎接我的正是已經在門邊的本丸，然後露出大大的笑容，並且給我大大的擁抱：

「妳終於回來了，我今天好想妳！每一分每一刻都在想妳！」他把我抱得很緊，好像我們已經分開十年再重逢的感覺。但也不過是相隔九個小時，我早上才跟他說再見。

「好啦，我先把包包放下來。」我被他的擁抱緊緊的勒住，身體被勒在半空中的請求。

「I miss you！嘻嘻！」他完全無視於我的請求，繼續沉浸在他的世界裡，繼續的把我勒著。

「好啦，包包很重，我先把包包放下來啦！」我仍然被勒住的再次請求。

「我好開心，I miss you！」他的頭靠在我的肩上，依然沉浸在他的世界裡，繼續勒住我。

「OK！I miss you, too！」我的頭靠在他的肩上，但因為擁抱的時間太久，不小心翻了白眼的回答。

愛要怎麼證明？愛的證明沒有指標，也不需要對別人證明，只需要對自己證明。回家的時候，有人開心地上前迎接；吃飯的時候，有人看到你滿足的神情而感到滿足；睡覺的時候，有人用溫暖的體溫緊緊的將你抱住。在愛情裡面，溫暖踏實的幸福感，只有自己知道，愛情中踏實的幸福不需要浮誇，也不需要回報，雙方感到滿足，就表示感情踏實了。

3. 浪漫不是想像的那樣

不管是去水果攤、香腸攤、超市、買雞蛋糕，比較愛聊天的老闆都會問我：

「啊他是從那裡來的？」老闆看著我問，但下巴往本丸的方向撇了一下。

「我是從法國來的。」聽得懂中文的本丸就自己回答了。

「你中文怎麼講得那麼好！法國來的一定很浪漫吼？」友善的臺灣人通常都會讚美會講中文的外國人兩句，即便有時候只是講了兩個字：「你好。」臺灣人還是會說：「哇塞！你的中文怎麼那麼好！」但對外國人也很害羞，所以稱讚完後，聊天對象還是轉回到我身上，對著我問。

「還好！」我很老實的回答。

這時候本丸就會當著老闆的面，手上有芭樂就會用芭樂敲我一下，有木瓜就用木瓜敲我一下，還自己配上音效，完全不給我面子。

「不然你是很浪漫哦？」離開水果攤，剛被芭樂敲完的我不服氣的問。

「沒有啊，但妳也要給我下臺。」他聳一聳肩的回答。

「是臺階下！我不是前兩天才教過你！所以你也覺得你不浪漫啊，我也沒講錯啊。」我硬是想逼他能夠講出做過什麼對我浪漫的事，我希望他可以反駁我。

「妳知道，其實浪漫不見得是一件好事。」他簡短的回答，有點賣官子的味道。我想他知道我會追問，然後用他可以掌握的節奏想說服我。

「為什麼？浪漫可以讓愛情不會那麼無聊啊！」我正中他下懷的問了。

「那妳說的浪漫是什麼意思？」

「浪漫……一般來說……就是一種氣氛啊，比如說，燭光晚餐、在昏暗燈光下聽著輕音樂、送花等等，感覺就很浪漫啊，反正就是一種氣氛啦！」就算是中文不好的外國人也能聽得出來，我的回答簡直就曝露出我根本就不太清楚浪漫是什麼。

「那我們的浪漫跟你們的浪漫不一樣。」又是一個簡短的答覆。

「那你們的浪漫是怎樣？」

「我不知道你們的浪漫為什麼是這個意思，但我們的浪漫是一種短暫、有毀滅性、而且會消失的東西，所以我說它不見得是好的東西。」他用專注的眼神看著我解釋，語氣就像把浪漫講得跟定時炸彈一樣危險，勸我別亂玩。

我像是個被警告的小孩，在本丸解釋完後，我們兩個的眼神仍然互視著，好像他在確認我知不知道他在講什麼，而我試圖不讓自己那麼快的乖乖就範：

「唔……為什麼？為什麼它具有毀滅性？」我皺著眉頭問他，因為在我的概念裡面浪漫只會跟泡泡浴、玫瑰花、蠟燭、精油、蕾絲等事物相關聯，這些東西怎麼會是毀滅性的呢？

「因為它很危險，拿捏不好，就是毀滅自己，要不就毀滅別人，要不就一起毀滅！」他用神祕的眼神，並且用他粗大的眉毛慢慢地靠近我，試圖加強他的警告意味。

「你可不可以正經一點？」氣勢不夠力的時候，只好隨便誣賴對方不正經來減緩一直被警告的態勢。

「我講的是真的啊！浪漫對我來說就跟『少年維特的煩惱』一樣，它是短暫、毀滅、不理性，而且很危險。浪漫的人不在乎別人的想法，他有自己的想法，而且他會去做他的想法，所以浪漫的人通常很孤獨。」

在小說《少年維特的煩惱》中，男主角維特最後因為無法跟女主角夏綠蒂在一起，內心無限痛苦，最後彈飲自殺。這做法的確激昂而且極具毀滅性。如果是這樣，那本丸講的浪漫就不是基於任何物品或物質，比如說，送花、泡泡浴；也不是基於金錢或權力，比如說，吃大餐、享特權，而是一種被感覺、感情、情慾所支配的一股力量。

我有一位好朋友，雖說是好朋友，但我對她的感情世界了解程度幾乎寥寥無幾。不過我卻特別喜歡跟她聊我的感情世界，對她而言彷彿就像是個「我講妳聽」的不平等待遇。這位朋友在工作上也需要常常跟外國人接觸，有時候我們特別喜歡比較各國歐洲人的習慣及看法，比如說，比利時、德國、英國、法國、西班牙、義大利等，再從歐洲比較到美國，從歷史到政治，各國間的關係，就像是亞洲的中國、臺灣、香港、新加坡、南韓、日本等各國如何看待彼此，以及各國人民的習慣及想法等，這些差異有時候真的很有趣。

「最近本丸的女性朋友跟她的男朋友分手了，原因是因為那個女生丟了工作。我非常驚訝怎麼會只因為沒工作而分手？」我喝著咖啡聊著一位我不認識的人的八卦。

「對啊，怎麼會？」我的朋友聲音總是很低沉。

「本丸說因為那個女生的男朋友是英國人。」我的朋友聽了哈哈大笑：「法國人總是跟英國人不合，哈哈哈！」

「不是啦！他是說英國人就是這樣，比較實際。」

「嗯……比利時也是一樣，也滿實際的。」她好像在腦海中盤點她接觸過各國人的感覺。

「然後德國人也是，喜歡追求名車。」我也開始在腦中盤點。

「可是，你覺得法國人浪漫嗎？」我用一般人的既定印象來詢問我的朋友。

「你覺得你們家本丸浪不浪漫啊？」她反問我，覺得這答案應該我比她更清楚才對。

「我覺得他還好啊，有時候他也滿實際的耶！」我毫無邏輯的用非浪漫即實際的邏輯概念來判斷他是不是浪漫。

「我倒覺得法國人很浪漫！」她摸摸下巴，竟然幫法國人講起話來了。

「怎麼說？」

「如果法國人不浪漫的話，怎麼會有法國大革命？法國人就是夠浪漫，才會有法國大革命！不是嗎？」她既睿智又銳利的眼神看著我，雖然她新配戴的木頭鏡框非常好笑，但無礙於她對於我的說服力。

真是一語驚醒夢中人，同時也突然覺得，自己對於「浪漫」一知半解。照這樣的說法，浪漫就是兩面刃，它可能帶來毀滅，但也有可能推翻不平等的政權。原先浪漫在我腦中的畫面是玫瑰精油搭配著燭光及輕音樂，然後優雅的享受著彷彿與世隔絕只有自己獨有的慵懶時光，現在怎麼轉變成一個激昂、激進、為達理想而不顧一切激進的畫面了？

也許浪漫有些層次，不同層次有不同的表現。

「ㄟ，你們法國人怎麼想自己很浪漫這件事？」

「沒有人會想這件事。」

「唉唷！講真的啦。」我央求本丸告訴我，因為所有法國人很浪漫的資訊都是非法國人告訴我的，與其這樣我不如問一個法國人如何看待自己浪不浪漫。

「真的沒有人會想這件事，因為這就是我們生活中的一部份，所以我們不會討論這件事。你們會討論是因為你們沒有，比如說你們瘋狂的工作，吃東西吃得很趕，然後逼自己的小孩一定要做這個做那個，所以對我們來說，妳講的浪漫就是我們生活的一部份而已。」

法國人浪漫嗎？如果是以我們一般對於浪漫的概念，我會說，法國人很會生活，至少本丸是這樣的。他會跟我約定某個週末一定要留給他，然後不告訴我他想做什麼，等到當天我才知道原來他已經買好了演唱會的票，或是訂了法國餐廳。早上他會叫醒我，然後在我賴床的時候泡一杯香濃的咖啡，試圖用咖啡香來叫我起床。有時候回家他會買一束鮮花給我，但其實我知道他是為了家裡的空花瓶才買的，但名義上說是買給我那我也滿足了。他親吻我的頻率就跟句子的逗號差不多頻繁，當他在告訴我一件事情的時候，總是在敘述過程中的逗號親我一下，畫面就是我的頭一直被他的嘴唇打得搖晃，講完一件事情親吻我五次以上是正常不過的事。

所以，這樣算浪漫嗎？

V

觀念大不同

1. 威力十足的武士刀

除了逢年過節送些禮盒、禮餅，少數好朋友生日送個禮物之外，我還真的沒有送禮物的習慣。我的家庭觀念是比較實際的，有時候送禮還怕被罵，如果禮物買太貴，被罵浪費錢，如果買到不實用的禮物，也會被罵浪費錢，順便再換來一頓抱怨，如果直接問對方：「那你需要什麼？」百分之八十的答案是：「送給我紅包最實用！」結果就是大家哈哈大笑緩和氣氛。也許真的是因為表達方式的不同，人家說，愛得愈深，罵得愈兇，抱怨浪費錢，也許是不捨得我花錢吧？

包個紅包確實方便多了，不必搜索枯腸、絞盡腦汁，只要到自動提款機，把錢領出來，再把現金放進紅包袋，上面再寫上自己的名字，就ＯＫ了，多方便，而且誰會抱怨紅包呢？

收到紅包絕對是開心的，但是有多開心？一千二等級的開心？兩千六等級的開心？還是一萬兩千塊等級的開心？有沒有可能一千二跟一萬兩千塊是一樣等級的開心呢？我想應該是不太可能吧！那收到紅包有沒有驚喜？紅包裡面有沒有可能是除了鈔票以外的東西？還是紅包的驚喜僅止於數字上的驚喜？

新春需要包紅包，婚禮需要包紅包，給長輩也需要包紅包，給小孩也需要包紅包，表達感謝之意也需要包紅包，換一個方式講，新春要給錢，婚禮也要給錢，長輩也要給錢，小孩也要給錢，表達感謝之意也要給錢，我實在無法確定我包紅包包得開不開心。包太少怕別人不開心，包太多又怕自己不開心，雖然紅包很實際、很方便，但其實更麻煩、更複雜！

「包多少？看交情！」這是我們經常聽到的一句話，什麼時候交情要用金錢來衡量了？還是我可以紅包袋裡面裝個兩百塊，上頭寫著「禮輕情義重」？大家把喜帖戲稱為「紅色炸彈」，就表示其實大家對於這些事是反感的，但無奈基於傳統禮俗，實在也無法改變。我喜歡參加朋友的婚禮，看到朋友們一個個幸福快樂真是讓人開心。但坦白說，我沒有因為多包了些錢而開心，我相信對方也不會因為我多包了些錢而特別開心。總之，紅包就是讓我少了那股送禮祝福的熱情與感情，我相信對方也無法感受到。

薇薇安是我國中時期的好朋友，我們考試的時候總會「互相幫忙」，我們是聯考的最後一代，國中三年分了三次能力分班，所以每一年的同學都不一樣，我跟薇薇安很有緣分，國二跟國三都分在同一個班級，所以國二的我們「互相幫忙」，國三當然也要繼續「互相幫忙」啦！國三下學期，也是衝刺聯考的最後階段，大家都非常緊張，每天大考小考累積的考卷一定是十張以上，有時候一節課考兩張，為得就是要練速度，如果這樣操練下來還考不好的話，那一切不就是白操了？

聯考就那麼一次定生死，真希望這世界上不要有聯考。薇薇安總是一派輕鬆，一副就是考不好大不了再重考就好了，反正天又不會塌下來？但問題是，我們是最後一屆聯考呀！我們考完以後整個教育制度就改變了，是要怎麼重新準備？她會不會太天真啦？後來薇薇安說，她要移民了，過兩個月出發。

「啥！也太突然了吧？那妳就不用考試了耶！好好哦！」我側著身體向坐在我後面的薇薇安說。

「唔，還好啦！」她把下巴放在桌上趴著。

「那妳要移去哪裡？」雖然穿著制服裙子、長統白襪及全白布鞋，我還是本性不變得手靠在她的桌上，像個大姊頭一樣的翹著兩郎腿問她。

「三藩市。」

「什麼？那是什麼？」

「San Francisco 啦！舊金山啦！」

「啊妳是不會直接講舊金山是不是？啊那個是在哪裡？」鄉下資訊確實比較少，但又不想讓別人覺得自己見識不夠，所以很容易「丟臉轉生氣」。

「在加州啊！」她一邊玩她的瀏海一邊回答我。

「好像很多人會去加州吼！」

「加州很大好不好！」她整個識破我對美國地理完全不了解。當時我除了中國大陸的地理包含各省省會、鐵路、位置、鄰近的省背得滾瓜爛熟外，連臺灣本土的地理我都不了解。

「我知道啦！總之，好羨慕妳，不像我們都還在苦海。」我打從心底的好羨慕她，而且，我也好想到國外看看，我還沒出過國呢！

算一算，薇薇安在臺灣受教育差不多也十五年了，這樣的程度在美國足夠當個「天才兒童」，初期美國的教育對她而言簡直易如反掌。美國充斥著高熱量的食物，讓她在短時間內變成了小胖妹。三年過去了，薇薇安終於要回臺灣看大家，真不知道老同學已經變形成什麼樣子，大家都好期待，我們互相喬了時間，準備會面。

我們約在豐原的一家百貨公司門口，我遠遠看到變形的薇薇安，但我依然認得出來，我們在遠處興奮得彼此互相揮手，但我可以依稀感覺到她因為自己變形而顯得有點不好意思；就算我們很熟，但我也不會那麼直接告訴她妳變形得很嚴重。我們寒暄了一會兒，她拿了一個小紙袋出來，是送給我的禮物，這真是出乎我的意料之外啊！怎麼會送我禮物呢？好奇怪哦！

我收下禮物，明明很驚喜但依然皺著眉頭跟她說：「唉唷，不用啦！幹嘛還送禮物？」我顯然跟我的家人表現的一樣，既不開心又嫌麻煩。我隨即把禮物放進我的包包裡。她要求我說：「妳看一下嘛！」我應她的要求在她面前打開禮物，是她從美國帶回來的玫瑰香乳液，我當然很開心，畢竟這是意料之外的驚喜，但最後我僅以淡淡地謝謝回應她。如果說那是「內斂」，那還真是包容。

「農曆過年假期我們有什麼計劃嗎？」本丸難得想事先規劃的詢問我。

「沒啊！但瑞秋有在約要不要去尼泊爾？」我帶點徵求他同意的意味，但又擔心自己有高山症。

「可是過年的前一天我在倫敦出差，從倫敦回來臺灣，再馬上飛去尼泊爾，就兩天了，這樣行程太趕了。還是妳過年想要來法國？」

「這樣你比較方便嗎？」

「對啊，我從倫敦坐火車到巴黎兩個小時就到了。」

「好啊。」回答的同時，其實心裡有點猶豫，因為這就表示我要跟本丸的媽媽見面了，我還沒見過她媽媽呢！算了，醜媳婦總是要見公婆的。

我問本丸到法國我有沒有需要注意什麼？跟他媽媽要怎麼互動，需不需要特別帶什麼過去，還有他媽媽喜歡什麼。顯然本丸對我的幫助很有限，只給我一個資訊就是要帶禮物。

是要買什麼啊？應該要送個跟臺灣有關係的禮物吧？鳳梨酥？太陽餅？對於尚處於送禮幼稚園程度的我真的就只有想到這幾樣伴手禮了，結果本丸建議我還是送茶吧，我到一個連鎖品牌的茶行買了一個包裝還算有質感的禮盒帶到法國去。

這是我第一個送給本丸媽媽的禮物——茶葉禮盒。而且我是在即將離開法國的時候送的，因為我以為送禮的時間點應該是即將離開的時候，以達謝主人的招待，電視不都是這樣演的嗎？總是在離情依依即將分別之際，來個回馬槍：「等一下！我有一個東西要給你。」然後這個時候把禮物拿出來，換來一陣感動。結果爾後幾年我跟本丸每年回法國的時候，證實這個順序是錯的，禮物可不是壓軸，應該是歡樂開場。

本丸的媽媽每年都會來臺灣看兒子一到兩次，她每次來總是會帶禮物給我，她尤其喜歡買一個法國品牌的飾品，第一次收到本丸媽媽的禮物是一個手環，設計非常的簡單高雅，我喜歡極了！

我現在明瞭拆開禮物的那一刻，絕對比收到一個大紅包要來得驚喜！後續我收過本丸媽媽送同品牌的項鍊、手環等飾品，每一個我都很喜歡，因為這個品牌的設計風格就是簡單高雅。本丸媽媽有一次要買衣服作為我的禮物，對於衣服的選擇我總是無意識的挑選暗色系的衣服，然後我的風格就是沒風格。本丸媽媽帶我到巴黎的一家服飾店，示意要我挑一件衣服，我左繞繞、右繞繞，就是找不到我想要的，因為這家服飾店不是我慣有的風格。結果本丸媽媽挑了一件絲質的挑紅色短袖上衣，上衣的設計及條紋富有法式的浪漫風情，我看了就覺得不是我的 style，但想說本丸的媽媽都挑了，還是試穿一下吧，也算是有個交待。

我走出試衣間，這件上衣出乎我意料的適合我，我從沒嘗試過這樣的風格，穿起來讓我整個人都亮了，而且還可以修飾我的臭臉，減少週遭的人認為我不好相處的印象。本丸媽媽問我 OK 嗎？我大力滿意地點點頭，本丸媽媽買單買的開心，我也開心。

原來禮物的意義不只是個節慶的儀式，而是端看你對對方了解的程度。每個人不見得自己都了解自己，如果能收到超乎自己想像的禮物真的很讓人開心。禮物之所以珍貴，絕對不在於它的價錢，而是在於送禮物的這個人可能比你更了解你！

人生的轉折也許就需要一份禮物，並把這份滿足傳遞下去。

我非常期待每年的聖誕節，因為送禮已經變成了我的樂趣，即便每次都在撒錢，但就是撒得很開心。回法國過聖誕節之前我會問本丸今年需要準備幾份禮物？為誰準備？然後為自己預留兩個星期的時間好好挑選。每當我想到那些收到我禮物的人的開心模樣，就成為我挑選禮物的動力。禮物不見得需要貴重，「心意」最重要。「心意」這件事只能從對方的愉悅程度來體會，如果沒有經驗過這點，問自己是不準的，因為我曾經也覺得我送的禮物很有心意啊，但一直到我真正用心思去挑選禮物，一直到對方收到我花心思挑選禮物時的回應，才知道以前只不過是買個禮物「送」了吧！

本丸說他的姪子會跟我們一起吃飯，所以需要準備個小禮物。我不認識他的姪子，但從他的臉書照片看來，我覺得他是一個喜歡耍酷的青年，喜歡重型機車，養一隻奇怪的老鼠，照片中覺得他很好動，我直覺他喜歡一些武器類的東西。

聖誕節大家總是會把所有的禮物堆在聖誕樹下，通常都是真的聖誕樹，不是塑膠做的那一種。看禮物是聖誕節晚餐後的壓軸戲，大家吃完冗長的晚餐後，就是看禮物的時間了，這個時間才是大家最期待的。大家從餐廳移位到客廳，有些人坐地上、有些人坐在沙發上，興奮的盯著聖誕樹下堆滿的禮物。主持人會將禮物一個一個拿起來，詢問在場所有人這禮物是誰準備的？要送給誰？本丸身為主人家的主持人，他拿起一個造型怪異，看包裝就知道手不是很巧的長條型禮物，問在場的人：「這是誰準備的？」

「我！這是要給奧立維的。」我在十幾個本丸家庭成員中舉手，看著本丸的姪子奧立維回答。

奧立維走到聖誕樹前，從本丸手中接起這個長條怪異的禮物，他難掩興奮的神情，等不急要拆開。當他一條一條把膠帶撕下來的同時，大家直盯著怪異長條禮物，我覺得在場的人比他更想知道這禮物到底是什麼。在這二十秒拆禮物的過程，大家靜默，好像在等著魔術師什麼時候把帽子裡的鴿子變出來一樣，真是太有趣了！

奧立維將拆開的禮物舉在空中，是個武士刀！大家驚呼，爭相想拿奧立維的禮物來看看，奧立維相當開心，也回報我大大的擁抱及親面頰禮。

那當然不是一把真的武士刀，那是我到夜市買的一把武士刀照型的折疊傘，我可以很確定這東西在巴黎買不到，而且巴黎的折疊傘很貴，如果下雨，奧立維拿出這把武士刀折疊傘，他的朋友一定會覺得他很屌。沒想到小小的禮物就能讓他這麼開心！

小時候，對於金錢沒有什麼概念，但過年還是會收到壓歲錢。如果你問我，收到壓歲錢比較開心？還是收到新的鉛筆盒比較開心？我可以很確定的回答，我收到一個新的鉛筆盒真的比較開心。

2. 舊的不去，新的不來嘛？

「Oh, no！他們在幹嘛？」在計程車上準備赴約的本丸，看到窗外的怪手正在拆毀一間老房子，皺著眉頭說。

「在拆房子啊。」我覺得很正常，無法感受到本丸惋惜的感覺。

「這真的很愚蠢！」

「房子舊了只能拆掉蓋新的啊，不然怎麼辦？」我皺著眉頭反駁本丸。

「可以修復啊！當然這比蓋新的還要花錢。」

「所以他們就沒有錢啊，我們常說：『舊的不去，新的不來』嘛！」

本丸沒再回覆，一直搖頭。直到去了法國，才知道我們有多愚蠢！

第一次到法國，當然是去本丸的老家——巴黎。「巴黎」兩字，真是讓人有無限想像。對巴黎的認識，來自於很多國際雜誌為了要拍攝浪漫風情的模特兒，特別大手筆的跑去巴黎。拍攝過程中通常會大肆報導明星或模特兒自身的感想，從大明星身上看到這種終於來到嚮往中巴黎的滿足神情，真不曉得巴黎到底是個什麼樣的城市？

除了看國際雜誌外，最常看的就是美國好萊塢電影了。好萊塢明星總是讓人感覺高高在上，好像除了美國以外其他的國家都是屎。有些電影情節總會安排明星到某一個城市拍攝相戀的場景，關於「相戀」，這個城市毫無疑問的就是巴黎雀屏中選。我幼小的心靈看著這些好萊塢大明星在電影中好像劉姥姥進大觀園的在巴黎驚呼：「Wow, Paris!」並且陶醉的在某個廣場轉圈圈，就覺得：「哇塞！這個城市竟然可以讓這些明星這麼興奮？一定很厲害。」

想到巴黎，你想到什麼？艾菲爾鐵塔？香榭麗舍大道？杜樂麗公園？凱旋門？總之，不勝枚舉。

艾菲爾鐵塔就是情侶接吻時，照片後面如果有艾菲爾鐵塔當背景，即便旁邊有兩百萬個吵鬧的觀光客，都還是能夠呈現浪漫的氣氛。西元一八八九年完工的艾菲爾鐵塔，是為了當時的世界博覽會落成的，法國藉此來展現自己的國力及建築技術，就跟我們的臺北一〇一一樣，對著世界號稱是最偉大的建築技術。艾菲爾鐵塔曾經是全球最高的建築物，維持了四十五年，一直到美國紐約的克萊斯勒大樓的出現。而臺北二〇〇四年底完工的一〇一，只當了全球最高建築物五年，直到杜拜的哈里發塔出現。巴黎鐵塔哥與臺北一〇一弟的誕生相隔了一百一十五年，繼鐵塔哥後法國幾乎已經停止參與建築物的高度競賽，而百年後的臺灣才正要開始。

從艾菲爾鐵塔上俯瞰，就看不到其他高聳建築物了，在對面的夏樂宮、戰神公園、香榭麗舍大道、凱旋門等，依舊保持良好，美中不足的是戰神公園盡頭有一個突兀的棒子，它是四十年前法國蓋的摩天大樓，高兩百一十公尺，不及一〇一的一半；大樓興建時負面聲浪吵得沸沸揚揚，被認為那會破壞巴黎的市容，所以巴黎人流傳著一句玩笑話：「大樓頂端可以提供巴黎最美的視野，因為那是全巴黎唯一看不見那棟大樓的地方！」從這就可以知道他們有多不喜歡高樓大廈了，每當本丸在臺灣看到即將夷為平地的老舊建築，總是無奈的說：「你們又要蓋一棟醜陋的怪物了嗎？」

下了艾菲爾鐵塔，我決定到香榭麗舍大道走走，本丸特別提醒我那邊扒手很多，包包要夾在腋下夾好，不要隨便跟陌生人講話，尤其我是亞洲面孔，更是這些扒手鎖定的對象，號稱巴黎最美麗街道的香榭麗舍大道被他這樣一行銷，害我都不想去了。

基本上，香榭麗舍大道就是個熱門觀光景點，一旦成為熱門觀光景點一切就會變了調，但它仍是會一直讓我「哇塞」的街道。香榭麗舍大道從協和廣場開始，協合廣場上充滿雕像和噴泉，雕像中印象最深刻的就是國王的騎馬雕像。在廣場上也看得到埃及方尖碑，是上世紀埃及政府送給法國的禮物。廣場中間有個以深綠色及金色為主的噴泉，上面有數個生動的雕像，再加上周圍美麗的建築物，真是讓人忍不住在噴泉底下接吻轉圈圈。

在兩百多年前法國大革命期間，協和廣場可是一部轟轟烈烈的革命血淚史。當初斷頭臺就設在協和廣場，革命期間平均每個月處決上千顆頭顱，受遭殃的是當時的貴族，法王路易十六及一向被譽為時尚界的始主王后瑪麗安托瓦內特，都是在協和廣場掉下頭顱的。我站在協合廣場上，想像著斷頭臺就在我的眼前，而瑪麗王后的頭顱是否就落在我的腳下？我想到臺北在日治時期大約八十年前曾經有個東本願寺，它是一個有著印度教風格的建築，戰後國民黨來臺後將之改為刑場，是白色恐怖時期的刑場之一。我也想瞧瞧這個具有血淚斑斑歷史的東本願寺，從日治時期到白色恐怖許多烈士犧牲於此，多麼滄桑壯闊的故事。結果以前的東本願寺現在竟然被西門町的獅子林大樓所取代。沒錯！就是那棟醜醜髒髒的大樓，步行於東本願寺舊址，只能感受到數十間通訊行進駐在此。

我沉浸在這滄桑的歷史，回味這由數千、數萬人用鮮血舖成的道路，假裝自己不像是個膚淺的觀光客迅速拍完照就閃人。我決定繼續到旁邊的杜樂麗花園走走。

超過四百年歷史的杜樂麗花園是現代巴黎人散步、休閒的好去處。過去是法國皇室的私人花園。花園很大，有著浪漫的法式噴水池、配合著規劃整齊的草皮、花圃與樹木，噴水池周圍就有著數十座近在咫尺的雕像。我看著這些雕像，有股想伸手去摸的慾望。我將手從夾克的口袋中拿出來，作勢的先搔搔頭整理一下髮型，下一步就打算往雕像上摸去！但不知怎麼地，就覺得這些雕像好像有些歷史，無形的莊嚴感讓我將手放回了口袋，我好奇的問本丸：

中的螢幕，讓我一窺他剛拍到的相片，跟我說：「French kiss! Haha!」我看著相機中的螢幕，馬上從我心底冒出的第一個感覺就是：「深情！」相片的角度是從女主角的背面拍攝過去，所以只能看到男主角的臉。男主角用雙手輕柔的固定女主角的頭部，女主角的一隻手則放在男主角的腰上，照片中男主角深情地閉上雙眼，感覺上在女主角的唇上不斷反芻，我心想：「怎麼可以吻得這麼優雅？」我開始想像有沒有其他動作會比這更優雅：「如果這個男的，他的手不是輕柔的固定女生的頭部，而是固定他的側背包，然後脖子伸得老長去親吻會怎樣？還是說他的雙手插在口袋呢？」「那如果這個女的，雙手不是放在男生的腰上，而是僵直的垂下呢？還是放在男生的肚子上？」我在腦海裡想像所有可能的動作，我實在想不到比這個更優雅的畫面了，真不知道是從哪裡學來的？還是渾然天成的？看完本丸拍的相片，對於男主角的深情我仍舊有無限想像，真是一個 good shot！但我還是跟本丸說：「你幹嘛給人家偷拍！」

這對優雅情侶的接吻之處，也許曾經上演過革命時期國王與暴徒追逐與屠殺的戲碼，有四百多年歷史的杜樂麗花園，歷經過多少個國王、王后的主人更迭，在這花園上演過的故事我想連民視或三立電視臺拍個三百多集的連續劇也拍不完，更拍不出他們的味兒。

對於法國人，這是他們共築的記憶；對於外國人，這是我們嚮往的精彩故事。

我思索著，臺北有沒有像杜樂麗花園一樣的地方？大安森林公園？它的確是臺北人休閒散步的好去處，但也好像說不出什麼故事。二二八和平紀念公園？是有那麼點歷史，但顯少人會把二二八公園認為是休閒散步的好去處，尤其是晚上。我左思右想，這三座公園唯一的共同點就是，交通便利！雖然臺灣沒有悠久的歷史，但至少能不能從移民到這島上的那一刻，就好好珍惜那些曾經發生過的事。

法國的夏天總是特別長，十點前天應該都還是亮的，我繼續往凱旋門的方向前進。凱旋門是一座象徵勝利的門，由拿破崙下令興建，至今也快兩百年了。凱旋門上有無數個浮雕，刻上無數戰爭英雄的名字。頂部可開放參觀，我上了石階，到了頂部，看著十二條巴黎大道由凱旋門為中心向四周放射，我舉起雙手，手掌向上，想像這十二條磅礴大道是我用如來神掌裡的萬佛朝宗打出來的，我也想感受一下當初拿破崙的得意。

不久前，我跟一位記者朋友聊天，她開始參與國際專題的新聞節目，因此有機會可以到世界各地旅行。見面時她才剛從法國回來不久，我問她，看到什麼最興奮？她說，凱旋門！不管是巴黎的著名地區或是非觀光地區她都去了，但就是獨鍾凱旋門，她說，當她看到凱旋門的時候，眼睛發亮，打從心底的震撼：「哇！凱旋門耶！凱旋門！」

以物體的角度，說穿了，凱旋門不過就是個簡單的門嘛？為什麼它可以每年吸引超過四千萬人來朝聖？住在西門町每天要去信義區上班的我必經之處就是寶成門跟承恩門，寶成門位於衡陽路及寶慶路交口處，已經徹徹底底的被拆除了，唯一剩下的是一個紀念石碑，上面刻有「寶城門舊址」，背後則是剛蓋好的元大銀行，這叫我是要如何想像一百三十年前臺北城五大城門之一的寶成門？現在只剩下一個高度比我矮的紀念碑。經過寶成門，我的公車會經過臺北郵局，帶我到承恩門，也就是臺北城的北門，這明明是國家一級古蹟，但每當經過承恩門我都納悶著這到底是要怎麼參觀啊？承恩門距離旁邊的高架非常的近，而且也很難找到路進去，想靠近承恩門可不安全，因為交通非常危險，每天上班，我就看著這上百年的城門孤拎拎地被人們遺棄、遺忘；臺北的五大城門，集結起來還不及一個巴黎凱旋門；一樣是有歷史、有故事的門，為什麼命運如此大不同？

歷史的記憶不在於多少年的競賽，而在於曾經發生過什麼事，如果遺忘曾經發生過的事，那歷史就不存在了。

本丸很愛拍照，他有個攝影團隊，每週五晚上會挑一個地點拍攝臺北城的生活，他們盡可能挑些老社區，記錄一個個即將被拆掉而曾經存在過的記憶。二〇一三年的上半年，本丸與他的朋友開始記錄位於中正紀念堂的華光社區，華光社區是臺北僅存的最大眷村，因為政府的都市計劃而試圖驅逐這些戰後來臺的老榮民、眷屬及後代。華光社區讓我最懷念的就是具有外省傳統風味的早餐店，早上看著這些冒著白煙的山東大饅頭竟會讓我覺得：「活著真好。」這些充滿歷史的白白大饅頭，讓我想起山東出生的爺爺也會做，每當小孩哭鬧時，就把一個大大的白饅頭塞進小孩的嘴裡，保證他停止哭鬧，而且還會含著鼻涕含著眼淚開始吃起大饅頭。

本丸跟朋友徹夜拍攝華光社區，我跟他們相約在愛國東路的早餐店。

「你們拍得怎樣？」我一邊吃著燒餅一邊問。

「很好啊，但時間不多了，政府要把他們碎掉！」本丸滿嘴塞著小籠包回答，我能聽得懂就知道我中文有多好。

「是拆掉！為什麼政府要拆掉他們？」

「因為他們要蓋一〇二啊。」

「什麼一〇二啦？」

「就是跟一〇一一樣的東西啊，那不是叫一〇二嗎？」

華光社區位處於金華地段，牽扯到的利益絕對龐大，至於針對華光社區的都市計劃，政府也一直說不清楚。如果有一天，一〇二真的出現了，在逛 shopping mall 的同時，有沒有人知道腳下踩的正是曾經的華光社區？會不會在一〇二前面設置一個「華光社區舊址」？有沒有人知道政府在驅逐的過程中，多少老人家悲慟而逝？不管如何，這些都是歷史！都是記憶中的一部份！

隨著全球化的腳步，我們都害怕在這「現代化」的競賽中落後，一波波的都市更新計劃，舊社區被現代化大樓取代。試問，舊社區的情感呢？在哪兒？巴黎之所以浪漫，不是因為巴黎現代化，而是巴黎的歷史、巴黎人的記憶。如果沒有歷史、沒有記憶，一切都只是表面功夫，就跟一〇一前面紅色的「ＬＯＶＥ」大型裝置藝術一樣，沒有內涵，只是盲目的追求流行，自以為浪漫的行動罷了。

有一天晚上，我們與本丸的攝影師朋友一同吃飯。他叫余白，記錄著臺北大大小小的街道。吃完飯，我們在永康街的巷子中漫步，余白看到一棟老舊建築物，房子裡沒亮燈，可能是個空屋了，也許這間空屋與週遭安靜的氣氛激起余白的拍攝靈感，他詢問我跟本丸願不願意在這空屋前親吻，剛好空屋前有一盞路燈。我跟本丸當然答應，後來相片拍出來其實本丸是擁吻，把我抱得好緊，我記得當時我還有一點害羞，不過拍得真好，老房子面前的這一盞路燈及擁吻的情侶，與四周黑暗寧靜的氣氛成為強烈的對比。（本書封面的照片就是這一張）

三個月後，我跟本丸再去永康街，赫然發現，我們擁吻時的老房子呢？不見了！被拆除了！也許當時余白有著攝影師的敏感度，直覺這老房子在臺北市撐不了多久了，於是幫我們拍了張照。未來，看著我們擁吻照片的人，再也找不到這間老房子了；至於取代老房子的現代住宅大樓，想知道前身，也只能看我們的照片才能知道，而這間可能曾經存在五十年的老房子，就讓它記錄在我們的照片中吧！

3. 一輩子做好一件事，就功德圓滿了

「歐洲人都很懶，尤其是法國人跟西班牙人！」

這些評語是我跟本丸剛在一起的時候常聽到的，聽到本丸因為不公平的偏見而進榜了，一時間也想不出來該怎麼幫他辯駁。

學生時期為了插大補習英文，記得一堂英文老師告訴我們：

「美國是有效率的國家，凡事都精打細算，你看他們的上班族，吃飯都吃得很快，為得就是要吃完馬上工作，這樣子的國家才有希望，不要像歐洲，吃個飯都要吃個三個小時，沒效率，這樣子的國家是會慢慢沒落的。」

老師的價值觀對於學生的影響真的很深遠，出社會前我沒什麼出國拓展視野的機會，又生長在以前還是臺中縣的豐原，所見所聞非常有限，對

於教育程度較高的長輩或是媒體散播出來的訊息，是很容易被說服的。

當時我很認同這位英文老師講的話，但又有點半信半疑；我同意分秒必爭可以完成更多事，但疑惑的是，如果歐洲真的如大家講得那麼懶散，為什麼大部份的歐洲國家依然如此強大且具有影響力呢？

我想先談談「效率」跟「效用」兩個詞的意思，「效率」指的是做該做的事，注重的是資源的使用率及手段，追求最低資源的浪費，完成最多的事。而「效用」指的是做對的事，注重的是事情的目的，同時追求最高目標的達成。簡單來說，「效率」就是短時間內完成很多事，「效用」就是有沒有把事情做正確。

我現在可以幫本丸反駁了，歐洲人不是沒「效率」，而是更注重「效用」。當然，他們對效用有自己的定義。我覺得最可悲的是，人們對於「效用」的目的不清楚的時候，就會用「效率」的標準來評估對方。

記得有一次在法國戴高樂機場，令我最不解的是，明明才兩三排的通關人潮，在臺灣半個小時內就能夠順利通關，在法國為什麼需要拖到一至兩個小時以上？法國的通關並不嚴格，甚至是有點鬆散，我實在不解為什麼他們可以這麼沒「效率」？本丸淡淡地說：「因為出境的工作人員在聊天。」我可以理解上班時間偶爾聊聊天，但也不會一直聊天吧？能聊什麼呢？本丸回答我：「很多呀，他們可以聊昨天吃的起司不好吃，現在肚子有一點怪怪的，或昨天的香腸怎麼樣之類的。」

好，我服了！那我就看看他們在旅客面前聊這些有的沒有的，其他的旅客會有什麼反應？結果，大部份的旅客就是很有耐心地等待這些工作人員邊聊天邊工作，等聊完天，轉過頭來處理旅客的事情時，雙方還會很有禮貌的互道：「Bonjour!（日安）」我不解，為什麼法國人可以忍受這種事情呢？如果在臺灣一定會被訐譙到不行，而且搞不好還有媒體動用到針孔攝影機偷拍，為民眾揭開這驚人的內幕！

終於有機會來到法國南部享受熱力十足的陽光了。本丸帶我到南法的一個古老城市——尼姆。我們觀光的第一站就是目前歐洲保存最完整的羅馬技競場，尼姆的羅馬技競場是羅馬時期第一任皇帝奧古斯都所建立的，所以也快兩千多歲了。我跟本丸準備買票參觀，迫不及待地趕快體驗這已經有兩千多年的時光隧道。今天的尼姆是上班日，觀光客不多，小貓兩三隻的排隊人數，依然讓我感到不耐煩。目測前面只有三、四個買票的人，買票程序不就是詢問人數、收錢、找錢、給票如此而已，一分鐘內處理完畢綽綽有餘吧？我一直很好奇那個售票員為什麼動作可以那麼慢，原來他在詢問人數的同時，他可能順便問你從那裡來的？然後有什麼計劃？售票員可以從你的答案裡面再延伸出下一個問題，簡單來說就是在跟你聊天啦。我心裡不開心，盤算著，原本五分鐘可以買到票的，因為你愛聊天害我二十分鐘才拿到票，如果我趕不急到下一個行程誰負責啊？難道他沒想過這個問題嗎？我也仔細研究了其他觀光客對於這樣的工作態度有什麼反應，結果，大家的反應跟在機場一樣，就是耐心地等售票員好好的「關心」完買票的旅客後，等到下一位買票旅客，他們仍舊先友善的互道一聲：「Bonjour!」接著再一次進行這位售票員的售票程序。這又讓我再思索了一次，為什麼法國人可以忍受這種事情呢？難道這叫「將心比心」嗎？

感覺上，時間的分秒單位，對他們來說，似乎意義不大。

我們習慣分秒必爭，總是緊湊的安排人生，不管是工作，還是生活。工作中，我們追求在最短的時間內完成最大的工作量，但其實很多事也不是一次到位，只是重覆一直在做第一次沒有做好的事情而已。生活中，我們追求在一定的時間做最多的事情，甚至是旅行，我們也習慣把行程排得很緊湊，追求在旅程中到達最多的觀光景點。

講求快速，只能求量，很難求質。如果要求質，必需經過時間的累積與沉澱，速度快而產生的東西絕對無法成熟，充其量只是半調子的東西而已。

如果時間作為一種尺度，每一秒、每一分、每一個小時，都是一個時間點。每一個時間點之間發生的變化，就是時間線。用物理學的角度來解釋，時間就是一種物質內在與外在的變化，如果物質沒有變化，那時間就不存在了。

那麼，我們分秒必爭的結果，帶來了什麼變化？

對於企業來說，追求效率是達成企業目的的最佳手段，但它畢竟不見得是做正確的事。我最常聽見老一輩對於電器的抱怨，以前可以用十年、二十年的冰箱，現在用五年就得換新的了。以前的老房子牆跟人一樣厚，現在的房子漂亮歸漂亮，但好像也沒那麼堅固。以前的木頭窗戶用的都是檜木，似乎永遠都不會壞，現在的木頭窗戶所使用的材質都相當便宜而且粗糙。汰舊換新，也許可以增加企業的營收，但對於地球的生態環境呢？也許效率可以迅速產製一樣物品，但是不是正確的呢？

在南法旅行時，住在本丸朋友經營的民宿，本丸的朋友跟我們分享一則關於一個了不起玻璃杯的故事。他說，有一次他在清洗一個玻璃杯，一不小心把玻璃杯摔在水泥地上，發出一聲巨響，他心想完蛋了，玻璃碎片一定散落一地。結果出乎意料的，玻璃杯依舊完整地躺在地板上，他好奇的上網查了一下這個玻璃杯的品牌，原來這是一個摔不破的玻璃杯，可惜的是，它倒閉了！

對於個人來說，追求效率好像是證明自己能力的一種方式。分秒必爭的人是勤奮的，凡事時間管理安排妥當，就好像人生的安排就這麼簡單的一氣呵成！如果用時間點一一攤開，確實每分每秒都不浪費，但用時間線的軸度來看，又很難說得清楚這分秒必爭的意義在那裡。總之，就先分秒必爭再說吧？畢竟它給人帶來的正面觀感大於負面觀感。

我一直覺得，本丸的時間管理有待改進，我向本丸抱怨，並要求他做好時間管理！

他說：「時間就在那裡，它就一直走。」

「所以咧！這樣就不用管理了嗎？」我有點不耐的生氣，覺得他答非所問。

「時間就跟我的人生一樣，我重視的是人生的方向。時間對我來說，只是概念的不同，還有習慣的不同而已。」

我大概知道他要表達的意思，他的重點是要告訴我，時間的本質沒有什麼不同，而我覺得時間應該管理，而他覺得不需要，是因為對於時間習慣的不同。但對於一直迴避我的問題，東繞西繞的不直接回答，我是不會輕易放過他的。

「所以你覺得時間不需要管理嗎？」我就是要他回答要或不要就好，不需要給我申論題。

「管理時間？如果在意時間，比如說什麼時候要吃飯，表示大家覺得這個時間應該要吃飯，但不是我覺得要吃飯啊！所以我覺得時間不重要，因為是大家覺得要吃飯又不是我自己覺得。」

對於這樣的答案，我還是不知道他到底覺得需不需要時間管理！

「所以你是覺得時間不需要管理嗎？」一次比一次更不耐！

「時間需不需要管理？我覺得法國跟臺灣教育最不一樣的地方就是法國會教我們怎麼思考，而教我們思考最重要的東西就是要給我們『時間』想，你們的考試就是要用最快的速度寫完，還要花時間想其他的答案有沒有陷阱，你是要我怎麼回答時間要不要管理？管理誰的時間？」

到法國，對於他們講究物品的品質程度讓我印象非常深刻，因為好的品質才能長久使用。比如說，本丸家就有幾件老家具將近一百年，這些百年老家具不但不老舊醜陋，反而還能突顯出這些老家具的典雅高貴。物品質感的好壞可以用觸覺來感覺，而物品的設計伴隨著好的質感散發出的典雅則是用肉眼就能感覺得到的。可以感覺得到這些老家具在製作的時候就已經花費了很多時間，完成後加上時間的累積，讓這些老東西內在的文化及韻味隨著時間得以發酵，而增添一種獨一無二的細膩質感！

法國最引以為傲的就是古老的建築物，其年份也常讓人驚嘆。在法國，三、四百年歷史的房子滿街都是，有些教堂或城堡的歷史甚至已經上千年。這些建築之所以百年流傳，不外乎就是堅固的建造及獨特的設計，讓它們得以通過時間的考驗，當然他們沒有颱風地震，這比我們幸運多了。仔細看看這些偉大建築的過程，可以發現有些教堂蓋了兩三百年才蓋好，這實

VI

關於未來

1. 適婚年齡到底是幾歲？

記得國小的時候，對婚姻還懵懵懂懂，同學間總喜歡問些未來變成大人後的假設性問題：

「妳以後要幾歲結婚？」同學在升旗的時候偷偷跟我講話。

「嗯……二十八歲吧！」稍息明明就不能動，但因為思考讓我無意識身體搖擺地回答。

「蛤！二十八歲！老女人！」

「不然妳要幾歲？」被稱為老女人後我有點不服氣的回問。

「二十五歲就算晚了，一般都是二十三歲到二十五歲吧！」

這是我二十年前跟國小同學的對話，那個時候二十八歲未婚算老女人，那現在已經三字頭的我仍然未婚，豈不是成了姥姥了？適婚年齡到底是誰說了算？

傳統觀念結婚生子似乎是人生的必經過程，正所謂：「不孝有三，無後為大！」無後就是不孝，這真是太沉重了。照這樣的邏輯，如果為了生孩子，那結婚也不應太晚。若是以醫學的角度來看，最佳的生育年齡是二十三歲到三十歲，因為這個時期的生殖力最旺盛，精子和卵子的質量最高，生育出來的下一代體質也最好。如果生育是在人生的必要計劃裡面，那在傳統社會中，在三十歲以前結婚是最妥當的，在左鄰右舍間也能少些閒言閒語。

但現在時代不同了，過去生育這個課題在人生的規劃裡被認為是理所當然的，現在生育課題已經變成人生的附加項目，甚至結婚也是。所以，結婚歸結婚，要不要生？另外談！

如果當生育課題變成人生的附加項目的時候，那結婚的動機就單純多了，是這樣嗎？

很多人問我：「聽說很多法國人不結婚就直接生小孩？」

是這樣沒錯，而且這些沒有結婚直接生小孩的家庭跟一般結婚生小孩的家庭並沒有什麼不一樣，社會並不會給予異樣的眼光。

但如果只聽到這邊，很多人以為法國人多開放，未婚生子不就是私生子、私生女滿街跑嗎？在法國沒有所謂的私生子、私生女，而是有合法的收養制度，未婚生子經由合法的收養程序就視同婚生子女。照這樣的邏輯看來，法國人顯然把結婚跟生育看成兩件事，也就是說，結婚，不一定要生育，而生育，也不一定需要結婚。

目前臺灣沒有法定直系血親的收養制度，如果得生孩子，必需經過結婚這一關。也因此，我的感覺是，在臺灣結婚的動機可以非常「多元」。德國社會學家穆勒曾把婚姻歸類為三種動機，即經濟、子女和感情。這三種動機各有優先順序，依據每個人所處的時空背景而不同。

過去的臺灣在經濟尚未起飛的時候，經濟因素也許是婚姻中的第一優先考量，其次才是子女，而感情則放在最後。在經濟因素決定婚姻的時代，雙方父母干涉的程度絕對是很深的，因為婚姻畢竟不只是兩個人的事，而是兩個家庭的事，如果親家的經濟條件佔有絕對優勢，我想子女的感情委曲一點也是沒有關係的吧？畢竟這都是為了子女好。若以傳宗接代為考量，婚姻中第一優先則是子女因素，爾後才有可能是經濟或感情因素。到了現代，排列順序是如何呢？經濟第一？子女第一？還是感情第一呢？

行政院主計處民國九十九年的資料是這樣說的：

臺灣的婚配模式以「內婚」（與教育程度相同者結婚）與「男高女低」是為主要配對形式，但現今社會兩性教育投入的差異愈來愈小，導致男性教育程度低及女性教育程度高者皆難尋婚配對象，因而結婚率總低靡不振……

根據行政院主計總處九十九年婦女婚育與就業調查統計結果知，二十五至四十九歲未婚女性，目前仍未婚之最主要原因為「尚未遇到適婚對象」（六〇．三六％），其次為「經濟因素」（一一．三五％），接續為「擔心婚姻不幸福」（五．九八％）與「工作因素」（五．四七％）。由此可知，女性近年結婚率下降快速，第一原因就與傳統婚配觀念有關，女性對適婚對象的要求仍希望另一半比自己更好，第二個為經濟因素，因為女性工作權及經濟自主權提升了，若對方與自己的經濟狀況尚未達到自身滿意的程度，就不輕易踏入婚姻。

但若再進一步觀察有結婚意願者，結婚主要因素以「能有穩定的工作及收入」為主（占三五．九七％），「發放結婚津貼或給予已婚者稅賦減免」（一四．七四％）居次，接著為「落實兩性工作平權，提供已婚女性可兼顧家務之工作環境」（一四・一一％）與「給予新婚者購屋貸款利息補貼」（一三・八四％）。上述四項皆與經濟因素有關……

從以上看來，對於「婚姻」，臺灣人的考量似乎還是比較「實際」。以社會期待的角度來看適婚年齡，經濟狀況穩定且足夠的時候，可能才有「本錢」結婚。大學畢業剛好二十二歲、碩士畢業二十四歲、博士畢業三十歲，若是男性外加當兵兩年，算一算出社會後幾年才可能經濟狀況穩定且足夠？

內政部公布民國一〇一年統計，平均初婚年齡新郎為三〇・九歲，新娘為二九・五歲。有了內政部的統計，三十歲仍未婚的人感覺就像是吃了顆定心丸，畢竟這還在正常值範圍內，但也許過了三十二歲，仍會一直被問到一樣的問題，適婚年齡到了，有沒有結婚的計劃呢？

看來，臺灣的平均初婚年齡在社會上就被視為適婚年齡，太早於平均初婚年齡被視為早婚，過去的刻板印象可能會讓人聯想到奉子成婚或是太衝動；太晚於平均初婚年齡被視為晚婚，可能會被認為是不是不容易找對象，好聽一點就是擇偶條件太高。如果一直沒有結婚就被視為不婚，可能會被認為是不是不成熟或是不好相處等等。總之，不管是早婚、晚婚、不婚，負面觀感總是多過於正面觀感，在適婚年齡左右結婚最好，最符合大家的期待。結婚是為自己？還是為別人？還是為彼此？除了平均初婚年齡來評定適婚年齡，算命也能決定何時結婚？生肖也能決定要嫁給誰或是取誰？流年、虎年、孤鸞年也能決定該年可不可以結婚？結婚真是個人生大事啊！對於種種的「外在」因素，可說是不得不慎重！但真正什麼人最適合自己？卻可能很模糊。

「你們適婚年齡是幾歲？」我好奇的問本丸。

「什麼是適婚年齡？」

「就是最適合結婚的年齡啊。」

「哪有什麼最適合結婚的年齡？想要結婚就結婚啊，為什麼要看幾歲？」

「不一定啊，比如說在臺灣，如果三十歲還沒結婚，可能大家就會很緊張，認為是該結婚的時候了。」

「可是如果三十歲沒有愛的人要怎麼結婚？這個人可能四十歲、五十歲才出現，所以哪有適婚年齡？」本丸皺著眉頭覺得我的邏輯很怪。

「所以很晚結婚的話，法國人不會一直問嗎？」

「不會啊，誰會一直問這種問題？問這種問題很無聊，而且很沒禮貌。」他好像把他在臺灣這些日子遇到的這些問題全部發洩在我身上一樣。

「那你們的父母也不會問嗎？」

「不會！這樣很沒禮貌，而且不關他們的事，結婚對他們又沒好處！」

「呃……如果對方很有錢呢？」

「我們結婚不是為了錢，一般來說我們有沒有結婚對父母來說根本沒有差別，他們的生活不會改變！」

本丸說的「我們」當然不是指全部的法國人，世界上沒有一個地方是完美的。觀念的改變跟時代背景有絕對的關係，法國經濟起飛的年代是上世紀的五〇年代左右，也就是六十五年前的事了，那個時期的法國戰後經濟快速起飛，充份就業，失業率低，生活品質高，是生活無虞的年代，也是法國最光輝的年代，本丸的媽媽就是在那個年代出生的。所以對本丸的媽媽來說，她覺得她兒子的女朋友只要是個好人，至於做什麼工作，收入怎麼樣，根本就不重要。反觀一九五〇年代的臺灣，國共內戰才剛結束呢！爺爺從北京逃到臺灣，雖然家境富裕的爺爺到了臺灣還是一無所有，一切得重新開始。聽爸爸說，小時候爺爺奶奶都不敢吃飯，留給四個小孩子吃，當然當時白飯的量給四個小孩絕對不夠吃，有時候還會為了一顆花生米打架呢！這樣的年代，誰不重視經濟？

法國的年輕一輩中，早已沒有適婚年齡的觀念，也許老一輩仍有一點點，但也漸漸淡去。如果婚姻是要跟所愛的人走一輩子的承諾，「適婚年齡」如何保證此時期所遇到的人是對的人呢？

「那既然你們的社會氛圍對於結婚給予比較大的彈性，你會想結婚嗎？」對於我自己沒什麼興趣的事，我反而敢大膽的詢問，我想他早就明白我的婚姻觀念很淡薄。

「會啊，因為結婚是一種約定！」

「你不覺得結婚只是一種形式嗎？有沒有那種形式根本就不重要！而且法國人不是很多人也沒結婚？」

「不是！那是妳以為結婚只是一種形式，但我一直不這樣覺得。法國人有很多種約定的形式，但不一定是結婚。比如說，有些人只到教堂約定，但這種約定沒有任何法律效力；有些人做了同居的約定，但沒有結婚。」他真的強力的反駁。

「那你講的約定是跟誰約定？」

「妳覺得呢？妳想一想再告訴我！」他挑了一下眉。

「……」我假裝在想，沒答覆。接著我直接問：「那你為什麼會想要約定？」

「我當然可以一直不約定，可以一直換女朋友，一直換一直換，但我覺得這樣很無聊，一直換還不都一樣。如果我遇到一個我很喜歡雖然脾氣差了一點又沒有耐心，但我願意與她約定跟她過我往後的人生，這才是我想要的！」

這是在講我嗎？我脾氣很差這件事我怎麼都不知道。總之，婚姻除了是一種選擇穩定的生活方式，也是自己與對方約定一起邁入下一個人生階段的過程。下一個人生階段不一定是所謂的生子，而是未來一起計劃共同的人生，這不應該單用年齡來自我限制，而約定也是人生中的大事，對象當然要慎重。

2. 獨臂俠

記得國小老師上課時，聊到臺灣的人口密度，老師請同學們猜測臺灣的人口密度在世界的排名，有些同學猜第一，有些同學則猜第二，在同學們互相為自己的答案爭辯時，老師公佈答案了，臺灣人口密度為世界第二位，第一名則是孟加拉。

原先同學們的第一第二只是胡亂猜測，沒想到老師公佈答案時居然猜中了，不管是猜中的同學還是沒猜中的同學，大家沒有明顯的高興也沒有失落，而是處於一種震驚不敢相信的狀態：「原來臺灣真的是一個這麼擠的國家啊！」

「所以你們以後不要生太多啊！像我就有五個兄弟姊妹。」老師單手拿著課本一邊對著我們說。還是小學生的我，對於老師能夠單手將課本捲起拿在手上就覺得敬佩不已，下定決心長大後也要跟老師一樣能夠單手把課本捲起拿在手上，感覺力量就很大！

這時候，同學也瞎起哄：「老師，我阿媽有七個兄弟姊妹……我爸有六個……我媽有五個……」簡單統計下來，我們老師那一代平均大概有四到五個兄弟姊妹。

「所以啊，臺灣都那麼擠了，你們以後就生少一點，『一個不嫌少，兩個恰恰好』，聽到了沒有！」老師半開玩笑式的威脅我們。

「一個不嫌少，兩個恰恰好！」還言猶在耳，如今二十年過去了，當初怕生太多的宣傳口號，恐怕無法延用到現在，現在則是有生小孩的念頭就算不錯了！

臺灣的生育率已經是世界第一低了，這真是繼經濟奇蹟後的另一個少子奇蹟。其實，不生小孩的原因有很多，就拿我身邊的朋友舉例，有些人因為工作忙，擔心生了小孩無暇照顧；有些人薪水不夠，擔心有了小孩負擔不了；有些人熱愛自由，擔心有了小孩沒了生活；有些人較有「遠見」，粗算了一下養育孩子到大學畢業的花費，決定將這筆花費用在自己身上比較實在。總之，綜合考量之下，讓大家都卻步了。

「養兒防老」四個字當初還真的出現在課本上呢！生小孩是為了當我們年老的時候有個人照顧，我還記得考試曾經出過一個題目：「幾代同堂對家庭最好？二代？三代？四代？」的選擇題，結果正確答案是三代同堂，原因是「家有一老如有一寶」，剛好我家正是三代同堂，爸爸得扶養阿媽，所以當我變成阿媽時，如果我膝下無子那該怎麼辦？不就餐風露宿了嗎？愈想愈可怕，還是小學生的我馬上就被自己給嚇壞了。

養小孩要花很多錢，沒小孩老了又怕沒人照顧，人生真是太兩難了，我很好奇的問本丸：

「你會想要有小孩嗎？」

「當然啊！」

「為什麼？」

「因為這很自然啊！妳這個問題就好像問我要一隻手臂還是兩隻手臂？但明明手臂就應該要有兩隻啊！」他又開始覺得我的問題很蠢了，一邊激動上下搖晃著他的雙臂，一邊激動的向我解釋，但我最開心地莫過於他終於會用中文「明明」的用法了。

我知道他根本沒有傳宗接代的觀念，他的家庭也讓小孩很自主，我了解他的回答並不是非要我生個小孩，而是他覺得人生裡面有個小孩才算完整，不然他就是個獨臂俠！如果是這樣的話，我更想試著了解他想要有小孩的動機。

「好，那……你希望你的小孩未來怎麼樣？」

「沒有怎樣，開心就好。」

我想我的問題對他而言不夠清楚，我可能問得太含蓄了，於是我乾脆直接一點：

「我的意思是說，你會希望你的小孩未來能帶給你什麼嗎？」

「沒有啊！不用帶給我什麼！妳又來了，只有你們臺灣人希望小孩能夠帶給你們什麼，然後逼小孩做很多小孩不願意做的事！就跟你們的企業一樣，一直逼員工做事！」他愈講愈激動。

我覺得在他打電動的時候打擾他真不是個好時機，當他情緒上來的時候會把我的行為放大為「臺灣人」的行為模式，我會提醒他不可以有偏見，因為當我把他的行為放大為「法國人」的行為模式時，他也是這樣挑戰我的。

「好啦！也許你們是為了小孩子好，我不曉得。」他為他剛剛一連串真實且直接地吐露心裡的想法而緩和了一下。

對於本丸的真實感受，其實我也無法辯駁。「也許是為小孩子好」這句話實在很難解釋，為孩子規劃一條通往高收入的道路是為孩子好？還是尊重孩子的興趣不求回報的培養是為孩子好？還是讓孩子自由發展，自然成長，對孩子最好？不管是從家長面向看，孩子面向看，都沒有正確答案，「為孩子好」也許只是個說法。

國中畢業後我選擇念商業專科學校，當初五專畢業的學歷還不算太差，還稱得上是大專畢業，所以家裡打的如意算盤是五專畢業後就可以直接找工作。五專畢業的正常年齡是二十歲，對於上一代而言是個該工作的年紀。時代變化之快，當時正處於臺灣正積極迅速擴張高等教育的時期，急欲培養更多的內需人才。專四那年，發現大專學歷恐怕不夠用了，至少得要大學畢業才能較好找到工作，五專生可升學成為二技生，二技畢業等同於大學畢業，所以當時的專科學校都升格成為技術學院了，增設二技教育體制，讓我們五專生有個去路。

考二技並不難，若是不挑學校的話隨便考也會有學校可以選擇，所以當個大學畢業生非常容易，問題只在於我願不願意再浪費兩年的時間拿個二技文憑。我的意思不是說二技不好，二技仍有很多優質的學校，我之所以說浪費時間是因為對我而言，我對於當初我念的國際貿易並不感興趣，若是再叫我念兩年的國際貿易，我會非常不開心。重點是，當時我很清楚我不可能再繼續念二技了，因為我不只對國際貿易沒興趣，我對「商業」科系都沒有興趣，既然這樣，我也只能選擇插大了，我決定選一個跟「商」不太有關係的科系——社會系。

當時我跟家裡討論，表明我有興趣念社會系，因為我覺得這很有趣，我以為我「插大」的雄心壯志能夠獲得支持，沒想到，卻是一陣反對聲浪。第一個反對聲浪的切入點當然是勸退：

「唉唷！妳是以為插大很好插是不是！我聽那個鄰居說那個誰誰誰都插不上，啊妳功課又沒人家好，妳不要想了啦，妳不要那麼天真啦！」我奶奶總是用臺語高嗓門且速度跟機關槍似的反對我所有事情，所以通常我只會盯著電視看，忽略她的建議。她看我沒跟她反駁，她繼續說道：「啊妳國貿念得好好的，去插什麼社會系？社會系是要衝蝦咪？國貿才可以找到頭路啊，社會系是要找啥咪頭路啦？」她苦口婆心的就是要我好好的把國貿念完，然後繼續念國貿，畢業找工作。

她老是抱怨我把她的話當耳邊風，這次當然也不例外。

我後來順利插上大學，念了社會系。插上了大學，家人就閉嘴了。當初擔心找不到工作，出了社會找到工作了，家人也閉嘴了。也許，「為了孩子好」，只是怕擔心的事情發生，為了避免擔心的事發生，大人只好干涉很多，因為，這一切都是「為了孩子好」？

法國沒有養兒防老的觀念，因為福利政策較完善，如果乖乖的繳稅，政府會照顧國民的退休生活。所以，養不養兒？跟防老一點關係也沒有。社會福利政策仍不完善的臺灣，各層面帶點「實際」的觀念無可厚非。就像我很愛畫畫，小時候也嶄露了一點畫畫天份，三不五時就到附近的書局買四開圖畫紙大筆大筆的紓解我的畫畫癮，我總是興奮的拿著我的作品給爸爸看，有時自己很滿意的時候甚至還有點得意，如果有一天爸爸可以送我去畫畫班那該有多好！爸爸看了我的畫，淡淡的肯定我一下：

「妳這個年紀能畫成這樣真的不簡單，但妳知道，畫家都是死後才有錢的。」

這沒有誰對誰錯，這只是個過程。也許法國八十年前的價值觀也是如此，對兒女愛的定義不同，是大環境所致，是時代演進的過程。

好，就算本丸對孩子不求回報，那對於未來生活方式的改變不會有一些考量嗎？

「有了小孩很多事情就不能做耶！」

「什麼事不能做？」

「比如說旅遊啊！有些地方帶小孩不方便，而且生小孩要花很多錢，有了小孩搞不好就沒錢旅遊了，或是就沒辦法有那麼多其他的娛樂活動了，比如說吃餐廳或是看電影啊！」

「我覺得有沒有小孩我們的錢都一定會有剩，那就是看妳要不要剩那麼多錢而已。」

「就算錢夠，那也要犧牲很多生活，就不能像現在這樣自由自在的，要去哪裡就去哪裡。」

「為什麼有『犧牲』？如果我愛這個小孩為什麼這叫『犧牲』？」

聽完這句話我頓時啞口無言，突然間沒意識到我為何用「犧牲」這兩個字。小時候確實沒機會出國，成年前能做的事情也相當有限，成年後有了經濟能力，若有連續假期就盡可能的安排出國旅遊，若有了小孩，我就得捨棄這些休閒計劃了。難道這是我的「補償」心裡讓我脫口而出「犧牲」兩個字嗎？如果這不叫「犧牲」，那叫什麼？本丸說，如果愛這個小孩的話，那就不叫犧牲，那叫「給予」，而「給予」，是只有把自己填滿的人才會有的能力。

3.「有你真好」就對了

一個人也可以很好，自由自在，想做什麼就做什麼，想跟誰出去就跟誰出去，實在沒有理由為什麼得交個男朋友？單身狀態是最沒有包伏的身分，做任何事情都對。

人生中難免會有些機會脫離單身，然後變成「死會」。死會後，考量的事情就變多了，若是單獨跟男生出去還得先考慮一下，有朋友邀約的聯誼場合也得先考慮一下，即便只是想去「認識」一下朋友也得考量參加後的後果。死會後也開始得接受男朋友在我看連續劇正精彩的時候打來的電話，問些雞毛蒜皮的小事，然後報告我今天晚上吃雞腿飯但是很油之類的，口氣不耐煩可能會讓對方以為不開心，讓對方感到緊張，但殊不知我只是正在看連續劇。假日也得陪陪男朋友，免得對方抱怨我不夠喜歡他，也擔心對方覺得我對他沒感覺而感到失落，即便有時只想一個人在家裡看看書，也得出門陪男朋友去夜市吃東西。

實在是很不自由耶，我幹嘛交個男朋友「犧牲」掉我本來的生活？慢慢的，又回到了單身狀態，一個人自由自在多好！

自由自在的生活即便安排得再精彩，時間久了又覺得很無聊，又開始有點懷念「死會」的生活，雖然有點犧牲，但至少有個對象能互相深入了解，感覺上也稍微踏實些。

人家說：「因為了解而分開！」有時候是真的，最後又回到了「單身」身分，就這樣，一直循環著，頂多停留在死會階段，也無法體會死會後的下一個階段會是什麼樣的感覺。

究竟是我倒楣一直找不到好對象？還是因為自己的問題，找誰都覺得不對？這種問題當下是無法回答的，也無需讓週遭的朋友來評斷，只有自己才能解決這個問題，但千萬不可心急，給自己一點時間，總有一天就會找到答案。

如果都因為「了解而分開」，那豈不是不要了解最好？那如果是這樣的話，那在一起要幹嘛？「了解」是愛情中的必經過程，但「分開」則是了解後的選擇，這選擇沒有對錯，這選擇只代表對方是不是值得我選擇「不分開」。

兩個人在一起就是要開心！這是我對愛情的信仰，就是要開心！

跟文化背景差異小的臺灣人相處都無法進入穩定的關係了，何況是跟一個文化背景完全不同，連外表都長得像外星人的法國人在一起，怎麼可能會有結果呢？這問題我自己也想了很久，最後我得到一個結論，兩性和平相處的祕訣就是尊重「差異化」，兩性相處的目標就是要開心！

每個人都是獨一無二的個體，沒有任何一個人有義務得按照我心目中的理想標準而成為我心目中的樣子，另一半不是機器人可以任意設定，而我也不是。我無法設定本丸得每天晚上睡覺前要洗澡，我無法設定本丸不能穿外面的衣服上床翻滾，我也無法設定本丸在晚上七點左右要吃晚餐，我也無法設定本丸煮晚餐時要加我最喜歡的醬油，我更無法設定本丸用進階的中文語言模式來了解我的每字每句。相對的，本丸也不能設定我天生就是個愛烹飪的女孩，他也不能設定我的衣服就該摺得整整齊齊的，他也無法設定我可以跟他一起享用人間美味的起司，他更無法設定我的法文程度就該聽懂他的每字每句。

不斷的期待對方迎合自己只會讓彼此愈來愈不開心，與其不斷的期待，那不如包容、接受及尊重「差異化」，忽略自己可能看不順眼的小細節，在互相尊重的情況下溝通。因為我要了解的不會只有他幾點洗澡幾點吃飯愛吃什麼這些雞毛蒜皮的小事，這些都只是外在的行為，如果這些外在行為都無法尊重，就很難進入下一階段的認識了。

人性很複雜，絕對不是一輩子可以探索完的。不要讓坊間的書來幫你了解對方，因為這對他不公平，我們行為背後的複雜程度不是坊間幾本愛情書籍所條列的幾項指標就能代表其行為背後的涵義。兩性關係是在無預設立場下了解對方的過程，同時也是了解自己的過程，過程中勢必會遇到些關卡，關卡過了，就表示成長了。

有次本丸在整理抽屜，翻出他前女友的照片，他馬上蓋了起來，但太遲了，本姑娘已經看到了，他完蛋了！接下來本丸就面臨我的冷戰攻略三天！這三天我都在生悶氣，而他老兄卻還搞不清楚我為什麼不理他。

我怎麼可能相信他不知道為什麼我不理他呢？他應該要知道的！這不是common sense（基本常識）嗎？哪有男生讓現任女友看到前女友的照片？這也太白目了吧！跟姐妹討論後，總結就是這樣的行為叫做「白目」！簡直愈想愈生氣！冷戰三天後，雙方也累了，他向我解釋，前女友的照片對他而言只是個攝影作品，他一點感覺也沒有，所以就跟著其他的攝影作品放在一起，他並沒有特別注意到。當然這是他的說法，當時我半信半疑。總之，我就是覺得：「他應該要知道！」

記得前男友有一次也讓我看到他前女友的照片，這種當時被我認為白目的行為看了當然火大，男友為了安撫我，在我面前把他前女友的照片檔案都刪掉了，我並沒有阻止，因為這正合我意，我只是等他先開口。這次我期待本丸自主地把他前女友的照片刪掉或丟掉，但他始終沒有。最後，我忍不住問他，如果我也讓他看到我前男友的照片他會怎麼樣，他回答不會怎樣啊，就是前男友。

他一定是在合理化他的行為才這樣回答！我還是半信半疑，要不然就是他根本就不夠喜歡我，怎麼可以忍受自己女朋友心中還可能想著另一個男生呢？真不知道他在想什麼！

多半的愛情還是以占有、控制為出發點，所以我期待本丸心裡面只能有我，而前女友照片是不是存在只是控制的手段之一。不過，這樣的相處會開心嗎？

法國人的圈子很小，有時候約來約去就是那幾個人，如果本丸約的是男生的話我倒不介意，但如果是女生的話難免有點擔心。本丸樓下住一個法國女人，總是穿著窄短裙然後露出事業線，雖然有點年紀但依然風姿綽約，重點是每次看到這個女人，我們打招呼時，這女人永遠只對著本丸說話，連看都不看我一眼，要嘛她就是個很沒有禮貌的法國人，要嘛就是她心裡有鬼！

有次在本丸家樓下等他，約定的時間到了還不見本丸下樓，我打了手機給他，他也沒接，我只好繼續在樓下等待他出現。本丸終於下樓了，我問他怎麼沒接手機，他說他剛在幫那個法國女人修電腦，沒聽到電話響。

「What！修電腦？是她拿電腦到你家修？還是你到她的地方修？」我光聽到「修電腦」這三個字就充滿無限想像，畢竟有多少「修電腦」的故事讓兩個人打得火熱！

「我到樓下去幫她修啊！」他一副就是這沒什麼的樣子。但我懷疑他是不是在裝傻啊。

「OK……」我也不知道該接什麼了，反正有就是有，沒有就是沒有，但還是忍不住想像了一下修電腦的場景，本丸坐在那個法國女人的沙發上，而那個法國女人穿著短裙露出事業線靠近本丸，在本丸的耳邊關心著自己的電腦出了什麼問題。

兩性關係最難建立的就是「信任」，因為信任不只是需要了解對方，對自己也需建立一定程度的自信。為什麼我對本丸前女友發這麼大的火，因為她會講流利的中、英、法語，又是美國名校畢業，我實在無法理解本丸為何「降級」選擇了我——原來這段關係裡面我有些自卑。為什麼我不喜歡那個法國女人，因為她擁有我這輩子不可能擁有的事業線，再加上她是法國人，跟本丸沒有語言溝通的障礙，我除了較年輕以外，沒有任何其他優勢。唉，比來比去就愈覺得本丸跟我在一起是一個謎。

兩性關係總是有迷惘的過程，覺得自己不夠好，抱持著總有一天這個男人一定會出軌的信念。這還真是個現世報啊，過去的經驗只有我讓男生覺得他們不夠好，什麼時候輪到我覺得自己不夠好了？本丸從來不會讓我覺得我不夠好，他除了抱怨我衣服亂丟以外，其他的部份都正面的肯定我，即便我只是成功的把所有的東西都擠在一個行李箱裡，他也覺得我比一般女生聰明。我的不安全感及自卑都是來自於自己，如果無法建立自己的自信，雙方很難達到信任，這是我的功課。

為對方建立自信是兩性關係中最好玩的事情，即便我穿著醜醜的睡衣跟沒有畫眉毛，本丸依然稱讚我很漂亮，真讓我不禁懷疑他的審美觀是不是有問題。我也常為本丸建立自信，當他自我攻擊覺得他的中文程度不如其他法國人的時候，我總是告訴他，他的中文很好了，其他的法國人不是來臺灣比他久，要不就是在中國大陸居住過，這樣比不公平。其實他在意的不是中文好不好，而是他怕聽不懂我在講什麼，無法了解我。

有自信，對兩個人的關係才有信心。我們都同意兩個人在一起就是要開心，不是你開心或是我開心，而是要一起開心。在乎對方的感受，願意調整自己，但不是過度委曲，而是調整彼此到達平衡的狀態。我們有時候也會覺得對方很煩，當他吃飯時手臂張得太開碰到我的時候，我會火大的請他移到邊邊去；當我洗鍋子洗得不夠徹底，讓他發現螺絲周圍還卡著一些油垢的時候，他會受不了的連鍋耳、鍋把的螺絲都拆開來洗。了解對方跟自己真的很不一樣，也是一種趣味！

對於未來，在計劃的時候，也要把對方放在計劃裡面，因為這樣的計劃才不是單方面的，而是雙方面的。計劃絕對不是一兩天可以決定的事，有時候是一年、兩年，有時當下根本無法計劃，得過一陣子再決定，這都需要耐心、信任。總之，如果兩個人在一起，感覺「有你真好！」就對了！

VII

結語

1. 不完美的幸福

花樣年華的我特別容易怦然心動，不過這種愛意來得快，去得也快，就好像一塊美味的牛排放在吱吱作響的鐵板上，香味四溢令人忍不住想馬上拿起刀叉把它吃掉，一口口的把充滿肉汁的牛排塞到嘴裡，細細品嚐牛肉中血汁與肉汁的融合，並且滿足自己肉欲的發出一聲「嗯」的聲音，不過吃完一塊也不會繼續想吃第二塊了。

心動是互相吸引的開始，也是互相想像的開始。對本丸心動可能是我覺得他長得有點像帥版的豆豆先生，而我可能長得像他年輕時和藹的媽媽，並帶點東方的神祕感。我想像他應該是聰明、幽默、有紳士風度的男人，而且身手好的跟特務一樣，就算我被外星人綁架，他也有辦法來救我。而他可能也想像這個像他媽媽的年輕女生可能是充滿氣質、喜歡閱讀、脾氣好、有耐心，可以忍受他在家裡邋裡邋遢，並且期待可以幫他整理。但殊不知，一山還有一山高。

原來，他不是個特務，他連蟑螂也不敢幫我處理，來臺灣以前他沒見識過蟑螂，第一次跟蟑螂對峙他皺著眉頭告訴我：「怎麼會有那麼噁心的東西？」隨即尖叫逃走。我當初交男朋友的條件之一，就是要不怕蟑螂，顯然當初設定的理想條件都不再具有任何意義。我也不是他年輕時的媽媽，我脾氣不好又沒耐心，唯一可以忍受的就是他在家裡的邋裡邋遢，因為我說一山還有一山高嘛！

我喜歡不完美，因為我自己也不完美。

我是個超級大路痴，本丸就像是我的GPS，即使在家的附近我也需要GPS來帶領我，否則我會失去方向。有一次我們邀請朋友來家裡吃晚餐，我跟本丸下午就忙著料理。我們分工，我先到超市買食材及甜點，他先在家裡準備料理。我獨自順利的從家裡走到離家五分鐘路程的超市，然後大包小包的從超市走出來，正在思索著應該走那個方向回家，已經來過八百遍的超市只要讓我慢慢回想回家路線應該不成問題。我左看右看，發現對街有一家很有名的冰淇淋店，我臨時決定過馬路去對街買冰淇淋作為晚上的甜點。

我滿足的買了一盒手工冰淇淋，從冰淇淋店走出來，我腦中的回家路線３Ｄ圖全部亂掉了，我望著我從對街走來的超市，考慮著要不要先走回超市再重新思索一次回家的路線，但又覺得這麼做很蠢，我實在不想承認我竟然要蠢到需要走回超市才會走回家的事實，於是我站在冰淇淋店門口，望著超市，重新描繪腦中的３Ｄ圖，在我腦中跑了約三十秒的虛擬路線程式後，我決定：「右轉！」結果就是迷路了。

走了好久，擰著大包小包，覺得自己好像愈走愈遠，有點後悔為什麼自己不承認沒有從冰淇淋店直接走回家的能力，還勉強硬走，搞得現在走不回去了，而且還大包小包。算了，坐計程車回去吧！本丸問我怎麼去那麼久，我跟他說我迷路了坐計程車回來，他笑死了。

因為不完美，所以我們的生活充滿笑聲。

本丸的方向感一流，他腦中的 3D 繪圖程式精密，而且他可以記住我們生活中的大小事，包含我們每一餐吃什麼。不過他有一個罩門，就是他永遠不記得他喝過的水杯，所以導致我們家喝過的水杯放得到處都是，但就是不知道是誰用過的。

本丸一直拿新的水杯喝水是因為他不知道哪些是他用過的，而我拿新的水杯喝水是因為我知道哪些是他用過的，所以就愈累積愈多。這就跟我不同了，我可以記得本丸哪天晚餐是用哪個水杯，而且從水杯的擺放位置跟水位以及口水漬等線索，我就可以知道那是誰的水杯。本丸對於水杯無感，比如在他的電腦旁邊我就曾看過三個水杯同時存在，他永遠對他用過的水杯失憶，而我永遠對我走過的路失憶。

我想像著，如果每個人都很完美，那會不會很無聊？就跟餅乾一樣，每一塊機器生產出來的餅乾，精準製造出每塊一模一樣的形狀及顏色，雖然很完美，但也沒特色。手工餅乾就有趣多了，每一塊的長像都不一樣，杏仁及芝麻也分布得不平均，有些多、有些少，看到餅乾上的杏仁及芝麻特別少的時候還會特別嘲笑一番，因為它被它的主人冷落了。因為不夠完美，吸引我對每塊餅乾的欣賞，看著每塊餅乾不同的形狀，上面分布不均勻的配料，不同的烘烤顏色，想像著它的主人製作它們的過程。

因為不完美，我覺得本丸好有趣；因為不完美，本丸覺得我很可愛。發現自己的不完美，接受別人的不完美，是互相發現樂趣的過程。

沒有完美的人，更沒有完美的國家。如果有完美的國家，那也許是因為我們還不夠了解。

臺灣的媒體就好像扮演著我們小小生活圈中站在巨人肩膀上的眼睛，媒體說什麼，我們就信什麼。不過，大部份的新聞內容主要報導著臺灣社會負面的大小事，內容通常必需聳動，才有新聞「價值」。比如說，機車發生擦撞而爆頭、排隊爆發口角而揚言放火、爭奪停車位而慘遭痛毆等這些國家「大事」。這樣的訊息日積月累的被媒體傳播著，感覺上臺灣好像是個既不穩定又可怕的社會。跟本丸在一起前，我真的很納悶他為什麼想待在臺灣？漸漸地，透過這些外國朋友的眼睛，我才發現，臺灣並沒有我想像中的那麼不好。

我帶著一對法國情侶到臺北坐捷運，男方是個植物迷，他知道全世界上千萬種的植物種類，這次來臺灣的目的是想帶回一些只有臺灣獨有的植物種子。我們到捷運古亭站，準備搭乘捷運去吃晚餐，沒想到他走到地下化的捷運站後覺得非常不可思議，我看了一下古亭站也沒有什麼了不起的畫，只有幾個很奇怪的裝置藝術吊在半空中，我好奇的問他：「怎麼？」

「你們捷運站的圍欄怎麼敢做得那麼低？」

「不然呢？它只是告訴大家不能進去而已。」

「如果這在巴黎的話，應該早有一堆人從這邊跳進去了。」他站在只有到他大腿高度的圍欄，感覺上他很想直接跨過去。

「你沒說我還真的沒想到！」我開玩笑的回他。

「這實在是太不可思議了。」他一邊搖頭一邊驚嘆。

巴黎的地鐵倒是沒有圍欄，他們用高達兩公尺的自動門來防止逃票，不過我想效果很有限，因為我常看到年輕人兩個人緊貼在一起或是緊跟著前一個進入地鐵的人，試圖在通過自動門時逃票，如果逃票成功還非常得意，完全不在乎我這個在後面看得一清二楚的觀光客。

在臺北坐捷運時我的側背包總是開開的，這點讓本丸跟有時來臺灣旅遊的本丸媽媽都非常的緊張。我側背包開開的是因為我的鼻子過敏時常需要拿包包裡面的衛生紙，如果我把包包拉鍊拉起來開開關關的我覺得很麻煩，與其這樣我就開開的。本丸跟他媽媽提醒我說這樣很危險，我總是告訴他們，我在臺北才這樣，在巴黎我會把包包緊抱在胸前。

有一次跟一群朋友相約到淡水的海邊玩，我們一夥兒人先坐到淡水捷運站後再坐計程車到海邊。其中有一位法國朋友下車時，驚覺他的蘋果手機好像掉在計程車上了，我看得出來他非常的緊張，我告訴他放心，臺灣的計程車司機很好，聯絡上司機，他就會幫你送回來。我為什麼對臺灣的司機這麼有信心，是因為我身邊就有兩次，朋友都因為開會而把電腦放在計程車上都被找回來的經驗，果然這一次也不例外，他的手機不到半小時就被司機送回來了。

也許是愛之深，責之切，但在責備的同時，也不要忘記看看身邊的人的優點，也不要忘記看看臺灣的優點。放大彼此的優點，縮小彼此的缺點，那幸福感就能距離我們更近一些。

2. 含蓄的熱情

熱戀中的人總是會把另一半發生的大小事掛在嘴上，而不管別人想不想聽。我總是跟朋友分享著本丸怎樣怎樣的，朋友好奇的問我們，既然我從本丸身上學到這麼多東西，那本丸有沒有從我身上學到什麼？成為事情焦點的我還不習慣，但我還是期待本丸能說出些什麼。本丸被問到這個問題時，他用手摸了摸下巴，思索著他在我身上究竟學到了什麼。

感覺上這是個難題，因為他想了很久。對我來說，思索那麼長的一段時間是尷尬的，要嘛就是他在我身上真的沒學到什麼，要嘛就是等一下的答案很驚人。

「中文！」本丸終於回答了。

聽到這個答案讓我差點沒從椅子上跌下來，我乾笑了一下，回問他：「就這樣嗎？」

在他思索的過程，其實我自己也同時在想，本丸到底在我身上有沒有學到些什麼？我自己倒是沒有具體的答案，但要說沒有，那又有什麼吸引力想讓他跟我在一起呢？

他又思索了很久，對著朋友說：「她的判斷很好。」我相信他指的應該不是股票的部份，而是人的部份。被他這樣一講，我自己倒是沒意識到，不過說我判斷好不好只是個結果，我跟他不一樣的地方，就只是我習慣「靜觀其變」而已。

西方人跟東方人在處理人際的關係上有很大的不同。大部份的他們就是有話直說，一來是他們覺得有必要讓你知道，二來是他們認為講了是為你好。但這些想法都只是單方面的思考，而忽略了對方到底領不領情。

當他向我抱怨某人的時候，告訴我他想要直接告訴那個人，如果是第一次發生的案件，我通常會阻止他，因為看那個人下次的行為就能知道他自己有沒有意識到自己的不對；有些人口頭上不會認錯，但行為上下次會收斂，如果是這樣，那就好了，沒必要不給人家臺階下。關於「給人臺階下」的意思我怎麼翻譯都不對，也只能機會教育了。

這部份的「眉角」，對他而言是很抽象的。如果說，他擅於「事物」的抽象，那也許我就擅於「人事」的抽象，這些抽象的人事不是他用邏輯就能分析出來的。

因為注重人與人之間的關係，臺灣社會的彈性度及包容性都很大。

本丸很喜歡在街上拍照，除了拍攝老舊建築物之外，他也很愛拍素人，記錄臺灣老百姓的生活百態。每次本丸拍照回來，總是會跟我分享他今天見到了一個人，生活很困難，然後素人請他吃東西。我一直很好奇他能不能聽得懂國臺語交雜的對話，不過有沒有聽懂好像也沒那麼重要。

本丸常常近距離拍攝人物肖像，有時候難免會嚇到一些反應不及的臺灣人，本丸通常拍完後會跟他們說聲謝謝，百分之九十九的臺灣人都不會因為覺得被侵犯而惱羞成怒，只會錯愕的問本丸：「你在拍什麼？」

「這是遺屬性的記錄！」本丸一邊回答一邊微笑，其實他要講的是「藝術性的記錄」，我知道有百分之百的臺灣人都不知道他在講什麼，只是點點頭的回答一聲：「哦～」再任由本丸繼續拍攝，有時候還會比「耶」的手勢。

「你這樣給人家亂拍你不怕被打哦？」在臺灣，跟陌生人講話的經驗我反而沒有本丸來得豐富，我以為大家都不好惹。

「不會啊！臺灣人很友善，大部份的人很善良。」本丸嘟著嘴告訴我。

本丸喜歡跟我分享相片，每個人物肖像都有不同的故事：

「他是個好人，因為在大陸經商失敗在賣指甲彩繪的東西。」我聽著本丸介紹相片中略顯福態的中年男子，豁達的眼神帶點謙虛的微笑。

「她現在在賣內衣，我覺得她以前是個模特兒，因為她很會擺pose。」本丸給我看了三張不同她的照片，每個身姿到位的pose並帶有自信的眼神。

「他是個很聰明的人。」這消瘦的男子坐在樓梯上，臉上佈滿歲月的痕跡，他身穿老舊的外套與長褲，腳上穿著好像已經十幾年的皮鞋。眼神銳利，雙腳自信的張開，身體前仰，感覺就像在跟你談生意。

本丸可以跟任何陌生人聊天，講國語、講臺語、講國臺語、講英語，不管有沒有聽懂，反正就是很能跟人家聊，而對方竟然也很愛跟他聊，即便是雞同鴨講雙方都能相談甚歡。最厲害的是有一天本丸拍照回來，向我分享他當天拍攝的相片，相片中大約有四、五個歐吉桑跟歐巴桑坐在一個圓桌，桌上放著米酒，對著攝影鏡頭笑，本丸說今天這些人請他吃飯，我問：「他們是誰？」

「他們全部都不能講話，也聽不到。他們是龍……龍什麼？」

「聾啞人士！那你怎麼跟他們溝通啊？」

「反正就是這樣這樣這樣！」本丸兩隻手揮舞著，反正就是比手劃腳的意思。

夜市是臺灣社會的縮影，不知道為什麼，夜市是讓我感覺最輕鬆的場域。我們可以打扮得花枝招展穿著高跟鞋去逛夜市，當然也能穿著汗衫跟藍白拖鞋去逛夜市。到了夜市，好像穿什麼都對，誰都可以來，而且從來不會覺得格格不入。也許夜市就像是個繽紛的萬花筒，讓本丸跟他的朋友特別愛去夜市拍照。

本丸總是還沒吃晚餐就趕著去夜市拍照，我每次都很擔心他空著肚子對胃不好，他如果一出去拍照絕對是半夜才會回家。我問他有沒有去吃晚餐，他說沒有，但夜市的攤販總是會請他吃東西，整個晚上拍下來本丸總是吃得很飽才回來，而且都是免費的。久而久之，我不再問他有沒有吃晚餐，我改成：「今天人家請你吃什麼？」

喧鬧的夜市充滿熱情的臺灣百姓，讓本丸跟他的朋友每次拍照都白吃白喝，樂此不疲。有一次，我決定跟他們去板橋的某夜市拍照，沿路就是跟著他們吃吃喝喝，過程中當然我們都會婉拒，但這些熱情的攤販就是堅持要讓外國朋友嚐嚐他們沒吃過的臺灣食物，吃完被招待的小吃我們當然也會付錢，但好客的臺灣人怎麼可能收下我們的錢？只是說了一句：「下次再來捧場就好了啦！」

我長到這麼大我也沒在夜市白吃白喝過，是臺灣人對外國人特別禮遇嗎？臺灣是對外國人相對友善的地方，不是只有針對歐美國家的外國人，而是不管來自馬來西亞、泰國、香港、大陸、韓國、日本等亞洲國家的外國人，都曾告訴過我臺灣算是對待外國人相對友善的地方，我想這是一種臺灣接納的力量吧！大家都說，臺灣人很熱情，身為臺灣人的我怎麼一點都不覺得？我覺得臺灣人很害羞，進電梯不會打招呼，遇到同事也不一定會說聲「早」。完全跟熱情連結不起來，如果說，冷漠是漠不關心，那熱情就是冷漠的相反。臺灣人表達關心的方式也許不外放，不擅於口頭表達，但他可能就直接給你一包雞蛋糕，想讓你試試你沒嚐過的臺灣味，也許這就是臺灣人含蓄的熱情吧！

如果說，烏托邦是理想國度的完美境界，就好像電影《楚門的世界》

場景一樣，漂亮的街道，每個人精神奕奕、光鮮亮麗、笑容燦爛，在這個世界上好像永遠沒有壞人、沒有窮人，沒有憤怒、沒有悲傷，世界上真的有這個地方嗎？

人家說，保有赤子之心是最困難的，本丸重新帶我認識臺灣的好，而我告訴他，我看到法國的好。一個人，在一個地方待久了，就會開始抱怨，因為我們發現太多的缺陷，而自己的優點則需要別人來告訴我們。

到了巴黎，當然一定要上去艾菲爾鐵塔。外國朋友來到臺北，當然也一定要上去臺北一〇一。殊不知，巴黎人都沒上去過艾菲爾鐵塔，而臺北人也沒上去過臺北一〇一。我上去艾菲爾鐵塔後，所有的巴黎朋友好奇的問我：「上面怎麼樣？」我告訴他們：「很漂亮，你們也應該上去看看。」我的外國朋友上去臺北一〇一後，我好奇的問他們：「上面怎麼樣？」他們說：「很漂亮，妳應該要上去看看的。」

也許我們不滿自己的缺陷，而幻想烏托邦的存在；在尋找烏托邦的同時，我們忽略身邊美好的事物，對我們來說，這是不是個重大的損失？

3. 緣深緣淺，如何長相廝守？

人家說：「身高不是距離，年齡不是問題。」那國家呢？較理性的人可能覺得國家是個問題，因為除了面對文化差異外，未來還有可能面對遠距離戀愛的困難以及必需得有一方要捨棄自己的家鄉。較感性的人可能覺得這些都不成問題，反正如果真的愛上了，任何困難都可以解決。

別人告訴我，很多人嚮往異國戀，我不知道是什麼原因，不過嚮往就是想像的開始，就跟心動一樣，來得快，去得也快。如果你問我，嚮往異國戀嗎？我從來沒嚮往過，因為我認為異國戀是屬於第二外語好的人的專利，所以異國戀根本不可能發生在我身上。再來，理性又缺乏浪漫的我，實在不知道異國戀有什麼好嚮往的，語言不通、文化背景又不同，麻煩死了。但最後，我還是跟一個法國人在一起了；我果然是一個感性又浪漫的人。

人，本身就是個抽象的個體，永遠猜不透的。

對我而言，身高不是距離，年齡不是問題，國家也不是難題，而價值觀才是能否長相廝守的習題。因此，在追求愛情的過程中，價值觀勝過一切，於是我做了這樣的選擇，價值觀不是嘴巴說說而已，而是必需用心觀察才能得知。每一個觀察，每一個發現，都是緣分深長的轉化。

愛情絕對不是單方面認識對方的過程，更是認識自己的過程，愛情絕對是雙向的。每個人在追求幸福的旅程中都有自己的優先選項，沒有對錯，沒有好壞。只有開心不開心？放不放鬆？滿不滿足？選擇失誤，也許是對自己的認識還不夠，這沒什麼大不了的。只要勇敢再踏出一步，再試一次，總有一天，一定能找到屬於自己幸福的緣分！

國家圖書館出版品預行編目（CIP）資料

臺中一姊遇到法國小王子 / 宋念華著 . -- 初版 .
-- 臺北市 : 奇異果文創 , 2014.07
? 面 ; 14.8×21 公分（好生活 ; 3）
ISBN 978-986-90227-7-4（平裝）

855　　103012473

好生活
003

臺中一姊遇到法國小王子

作　　者　宋念華

美術設計　蘇品銓
封面攝影　Hubert Kilian 余白
封底攝影　宋念華

總 編 輯　廖之韻
創意總監　劉定綱
行銷企劃　宋琇涵

法律顧問　林傳哲律師　昱昌律師事務所

出　　版　奇異果文創事業有限公司
地　　址　台北市大安區羅斯福路三段 193 號 7 樓
電　　話　(02) 23684068
傳　　真　(02) 23685303
網　　址　https://www.facebook.com/kiwifruitstudio
電子信箱　yun2305@ms61.hinet.net

總 經 銷　紅螞蟻圖書有限公司
地　　址　台北市內湖區舊宗路二段 121 巷 19 號
電　　話　(02) 27953656
傳　　真　(02) 27954100
網　　址　http://www.e-redant.com

印　　刷　永光彩色印刷股份有限公司
地　　址　新北市中和區建三路 9 號
電　　話　(02) 22237072

初　　版　2014 年 7 月 18 日
I S B N　978-986-90227-7-4
定　　價　新台幣 280 元

奇異果文創

奇 思 異 想 之 果

溫 柔 革 命 閱 讀

奇異果文創

奇 思 異 想 之 果

溫 柔 革 命 閱 讀

奇異果文創

奇 思 異 想 之 果

溫 柔 革 命 閱 讀